紅樓夢古抄本叢刊

俄羅斯聖彼得堡藏

石頭記

【三】

人民文學出版社

石頭記第十七回

大觀園試才題對額
榮國府歸省慶元宵

詩曰

豪華雖足羨　離别却難堪
博得虛名在　誰人識苦甘

話説秦鐘既死寶玉痛哭不已李貴等好容易勸解半日方住歸時猶是悽惻哀慟賈母幫了幾十兩銀子外又另備奠儀寶

玉去吊紙七日後便送殯掩埋了别無述記只有寶玉日〻思慕感悼亦無可如何了又不知歷幾何時這日賈珍等来回賈政園内工程俱已告竣大老爺已經瞧過了只等老爺瞧了或有不妥之處再行改造好題扁額對聯賈政聽了沉思一會説道這扁額對聯到是一件難事論理該請貴妃賜題才是然貴妃若不親觀其景大

約亦不肯妄擬若待貴妃遊幸過再請題偌大景致若干亭榭無一字標題也覺寥落無趣任有花柳山水斷不能生色衆清客在傍笑答道老世翁所見極是如今且按其景致或二字三字四字虛合其意各處匾額對聯斷不可少亦斷不可定名且擬了出來暫做燈匾對聯懸了待貴妃遊幸時再請定名豈不兩全賈政聽了笑

道所見不差我們且看〻去只管題了若
要當便用不要當將雨村〻〔村〕請来令他再擬
衆清客笑道老世翁今日一擬定佳何必
又待雨村賈政笑道你們不知我自幼于
山水花鳥上題咏就平〻如今上了年纪
且案牘勞煩于這怡情悦性文章上更生
踈縦擬了出来未免迂腐古板反不能使
花柳園亭生色倘不妥恊反没意思衆清

客笑道這也無妨我們大家看了公擬各
舉其長優則存之劣則删之未為不可賈
政道此論極是且喜今日天氣和暖大家
去逛逛説着起身引衆人前往賈珍先去
園中知會衆人可巧近日寶玉因思念秦
鐘憂感不盡賈母長命人帶他到新園中
来戲耍此時亦才進去見賈珍走来向他
笑道你還不出去老爺一會就来了寶玉

聽了帶著奶娘小廝們一溜烟就出園来方轉過灣頂頭賈政引著衆清客来了躲之不及只得一傍站了賈政近因聞得塾長稱讚寶玉常能對〻聯雖不喜讀書偏到有些歪才情似的今日偶然撞見這機會便命他跟来寶玉只得隨往尚不知何意賈政剛至園门前只見賈珍帶領許多執事人一傍侍立賈政道你且把園门都

阕上我们先瞧了外面再进去贾政珍听说
令人将门闭了贾政先秉正看门只见正
门五間捅瓦泥鳅脊门攔窗隔皆是细雕
新鲜花様並無硃粉塗飾一色水磨群墙
下面白石台磯鑿成西番蓮花様左右一
望皆雪白粉墙下面虎皮石随勢砌去果
然不落富麗俗套自是喜歡遂命開门只
見迎门一帶翠嶂擋在面前衆清客都道

好山好山賈政道非有此一山一進来園中之景悉入目中則有何趣衆人都道極是非胸中大有邱壑焉想及此説着往前一望見白石峻嶒或如鬼怪或如猛獸縱横拱立上面苔蘚成斑藤蘿掩映其中微露羊腸小径賈政道我們就從此小径遊去回来由那一邊出去方可遍覽説畢命賈珍前導自已扶了寶玉逶迤進入山口抬

頭忽見山上有鏡面白石一塊正是迎面留題處賈政回頭笑道諸公請看此處題以何名方妙衆人聽說也有說該題叠翠二字妙的也有說該題錦嶂的又有說賽香炉的又有說小終南的種種名色不止幾十個原來衆客心中早知賈政要試寶玉的功業進益如何只將些俗套來敷演寶玉亦料定此意賈政聽了回頭便命寶

玉擬來寶玉道常聞古人有云编新不如
述舊刻古終勝雕今况此處並非主山正
景原無可題之處不過是探景一進步耳
莫若直書曲徑通幽處這句舊詩在上到
還大方氣派衆人聽了都讚道極是二世
兄天分高才情遠不似我們讀腐了書的
賈政笑道不當謬獎他年小不過以一充
十用取笑罷了再候選擬說着進入石洞

來只見佳木蘢蔥奇花熌灼一帶清流從花木深處曲折瀉于石隙之中再進數步漸向北邊平坦寬豁兩邊飛樓插空雕甍繡檻皆隱於山坳樹杪之間俯而視之則清溪瀉雪石磴穿雲白石為欄環抱池沼石橋之港獸面啣吐橋上有亭賈政與諸人上了亭子倚欄坐了因問諸公以何題此諸人都道當日歐陽公醉翁亭記有翼亭

然就名翼然賈政笑道翼然雖佳但此亭
壓水而成還須偏于水題方稱依我拙裁
歐陽公之瀉于兩峰之間竟用他這個瀉
字有一客道極是〻〻竟是瀉玉二字妙
賈政拈髯尋思因抬頭見宝玉侍側便笑
命他也擬一個来寳玉聽說連忙回道老
爺方才所議已是但是如今追究了去似
乎當日歐陽公題釀泉用一瀉字則妥今

日此泉若用瀉字則覺不甚妥況此處雖云省親駐蹕別墅亦當入於應制之例用此等字眼亦覺粗陋不雅求再擬較此蘊藉含蓄者賈政笑道諸公聽此論若何方才眾人編新你又說不如述古我們如今述古你又說粗陋不妥你且說你的來我聽寶玉說有用瀉玉二字則莫若沁芳二字豈不新雅賈政拈髯點頭不語眾人都

忙迎合讚寶玉才情不凡賈政道匾上二
字容易再做一副七言對聯来寶玉聽説
立於亭上四顧一望便機上心来了乃念
道

繞堤柳借三篙翠
隔岸花分一脈香

賈政聽了点頭微笑衆人先稱讚不已于
是出亭過池一山一石一花一木莫不著

意觀覽忽抬頭看見面前一帶粉垣裡面
數楹修舍有千百竿翠竹遮映衆人都道
好個所在于是大家進来只見入门便是
曲折遊廊階下石子漫成甬路上面小小
三間房舍一明兩暗裡面都是合着地步
打就的床机椅案從裡面房裡又得一小
门出去則是後院有大株梨花兼着芭蕉
又有兩間小小退步後院墻下忽開一隙

淂泉一派開溝僅尺許灌入墻內繞堦緣屋至前院盤旋竹下而出賈政笑道這一處到還罷了若能月夜坐此讀書不枉虛生一世說畢看著寶玉唬的寶玉忙垂了頭衆客忙用話開釋又說道此處的匾該題四個字賈政笑那四字一個道是淇水遺風賈政道俗又一客道睢園雅跡賈政道也俗賈珍笑道還是寶玉兄弟擬一個

来賈政道他未曾作先要議論人家的好
歹可見就是個輕薄人衆人道議論的極
是其奈他何賈政道休如此縱了他因命
他道今日的任你狂為乱道先設議論来然
後才許你作方才衆人可有使得的么寶
玉見問便道都是不妥賈政冷笑道怎庅
不妥寶玉道這是第一行幸之處必須頌
聖方可若用四字的匾又有古人現成的

何必再作賈政道難道淇水雎園不是古人的寶玉道這太板腐了莫若有鳳来儀四字衆人都鬨然叫妙賈政点頭道畜生畜生可謂管窺蠡測矣因命再題一聯来寶玉便念道

寶鼎茶閒烟尚緑
幽窗棋罷指猶凉

賈政摇頭說道也未見長說畢引人出来

方欲走時忽又想起一事来因問賈珍道
這些院落房宇並几案棹椅都筭有了還
有那些帳幔簾子並陳設的玩器古董可
也都是一處一處合式配就的么賈珍回
道那陳設東西早已添了許多臨期自然
合式陳設帳幔簾子昨日聽見璉兄弟說
還不全那原是一起工程之時就西了各
處様量準尺寸就打發了人辦去的想必

昨日得了一半賈政聽了便知此事不是賈珍的首尾便令人去喚賈璉一時賈璉赶来賈政問他共有幾種現今得了幾種尚欠幾種賈璉見問忙向靴桶內取靴掖內裝的一個紙摺略節来看了一看回道粧蟒堆繡刻絲彈墨並各色紬綾大小幔子一百二十架昨日得了八十架下欠四十架簾子二百掛昨日得了外有猩々毡

簾二百掛湘妃竹簾二百掛金絲藤紅漆
竹簾二百掛黑漆竹簾二百掛五彩線絡
盤花簾二百掛每樣得了一半也不過秋
天就完了椅搭桌圍床裙杌套每分一千
二百件也有了一面走一面說倏爾青山
斜阻轉過山懷中隱〻露出一帶黃泥築
就矮牆〻頭皆稻莖掩護有幾百株杏花
如噴火蒸霞一般裡面數間茅屋外面卻

是桑榆槿柘各色樹稚新條隨其曲折編
就兩溜青籬〻外山坡之下有一土井〻
傍有桔槹轆轤之屬下面分畦列畝佳蔬
菜花漫然無際賈政笑道到是此處有些
道理固然係人力穿鑿此時一見未免勾
引起我歸農之意我們且進去歇〻說畢
方欲進屋門去忽見路傍有一石碣亦為
留題之備眾人笑道更妙〻〻此處若懸額

待題則田舍佳風一洗盡矣立此一碣又
覺生色許多非范石湖田家之咏不足以
盡其妙賈政道諸公請題衆人道方才世
兄有云編新不如述舊此處古人已道盡
矣莫若直書杏花村妙極賈政聽了笑向
賈珍道正虧提醒了我此處都妙極只是
少一個酒幌明日竟作一個不必太華麗就
依外面庄村的式樣作來用竹竿挑在樹

猶賈珍答應了又回道此處竟還不可養
雀鳥只是買些鵝鴨雞之類才都相稱了
賈政与衆人都道更妙賈珍又向衆人道
杏花村固佳只是犯了正名村名直待請
名方可衆客都道是呀如今虛的便是什
麼字樣好大家想着寶玉却等不得了也
不等賈政的命便道舊詩云
紅杏梢頭掛酒旗　如今莫若杏帘在望

四字眾人都道妙好個在望又暗和杏花
村意寶玉（輕薄）冷笑道村名若用杏花二字則
俗陋不堪了又有古人詩云
柴門臨水稻花香　何不就用稻香村的
妙眾人聽了亦發閧聲拍手道妙賈政一
聲斷喝無知的業障（極是）你能知道幾個古人
能記得幾首熟詩也敢在老先生前賣弄
你方才那些胡說的不過是試你清濁取

笑而已你就認真了說著引人步入茆堂
裡紙窗木榻富貴氣象一洗皆盡賈政心
中自是喜歡却瞅寶玉道此處如何衆人
見問都忙悄悄的推寶玉教他說好寶玉
不聽人言便道不如有鳳來儀多矣賈政
聽了道無知的蠢物你只知朱樓畫棟惡
賴繁華為佳那裡知道這清幽氣象終是
不讀之過寶玉忙答道老爺教訓的固是

但古人常云天然二字不知何意衆人見寶玉牛心都怪他獃痴不改今見問天然二字衆人忙道別的都明白如何連天然二字不知天然者天之自然而有非人力之所成也寶玉道却有來此處置一田庄分明見得人力穿鑿扭揑而成遠無鄰村近不負郭背山山無脉臨水水無源高無隱寺之塔下無通市之橋峭然孤出似非

大觀爭似先處有自然之理得自然之氣雖種竹引泉亦不傷於穿鑿古人云天然圖画四字正畏非其地而强為地非其山而强為山雖百般精巧終不相宜未及說完賈政氣的喝命叉出去剛叉出又喝命回来再題一聯若不通一併打嘴寶玉只得念道

新漲綠添澣葛處

好雲香護采芹人
賈政聽了摇頭説更不好一面引人出来
轉過山坡穿花度柳撫石依泉過了荼蘼
架再入木香欄越牡丹亭度芍藥圃入薔
薇院出芭蕉塢盤旋曲折忽聞水聲潺湲
瀉出石洞上則蘿薜倒垂下則落花浮蕩
衆人都道好景〻〻賈政道諸公題以何
名衆人道再不必擬了恰〻乎是武陵源

三字賈政笑道又落實了而且陳舊衆人笑道不然就用秦人舊舍四字也罷了寶玉道這越發過露了秦人舊舍說避亂之意如何使得莫若蓼汀花溆賈政聽了便批胡說（妙）于是要進港洞時又想起有船無船賈珍道採蓮船共四隻坐船一隻如今尚未造成賈政笑道可惜不得入了賈珍道從山上盤道亦可進去說畢在前導引大

家攀藤撫樹過去只見水上落花愈多其水愈清溶〻蕩〻曲折縈迴池邊兩行垂柳雜着桃花遮天蔽日真無一些塵土忽見桃柳中又露出一個折帶朱欄板橋来度過去諸路可通便見一所清凉瓦舍一色水磨磚墻清瓦花堵那大主山所分之脉皆穿墻而过賈政道這一所房子無味的狠因而步入门時忽迎面突出插天大

玲瓏山來四面群繞各式石塊竟把裡面所有房屋悉皆遮住且一株花木也無只見許多異草或有牽藤的或有引蔓的或垂山巔或穿石隙甚至垂簷繞柱縈砌盤堦或如翠帶飄飄或如金繩盤曲或實如丹砂或花如金桂味芬氣馥非花香之可比賈政不禁道有趣只是不大認識有的說是薜荔藤蘿賈政道薜荔藤蘿不得如

此異香寶玉道果然不是這些之中也有藤蘿薜荔那香的是杜若蘅蕪那一種大約是茝蘭這一種大約是清葛那一種是金簦草這一種是玉蕗藤紅的自然是紫芸綠的定是菁芷想來離騷文選等書上所有的那些異草也有叫什麼藿蒳薑蕁也有叫作什麼綸組紫絳的還有石帆水松扶留等樣的又有叫作什麼綠荑的還

有什麼丹耕藤蕪風連如今年深歲改人
不能識故皆像形奪名漸漸的喚差了也
是有的未及說完賈政喝道誰問你來唬
的寶玉倒退不敢再說賈政因見兩邊俱
是超手遊廊便順着遊廊步入只見上面
五間清廈連着捲棚四面出廊綠窗油壁
更比前幾處清雅不同賈政嘆道此軒中
煮茶操琴不必再焚名香矣此造已出意

外諸公必有佳作新題以顏其額方不負此衆客笑道再若莫蘭風蕙露貼切了賈政道也只好用這四字其聯若何一人答道我到想了一對大家批削改正因道念是

麝蘭芳靄斜陽院
杜若香飄明月洲

衆人道妙則妙矣只是斜陽二字不妥那

客道古人詩云

蘼蕪滿手泣斜暉（胡説）

衆人道頽喪頽喪又一客道我也有一聯

諸公論閲論閲曰念道

三徑香風飄玉蕙

一庭明月照金蘭

賈政拈髯沉吟意欲也題一聯忽抬頭見

寶玉在傍不敢則敢因喝道怎麽你應説

話時又不說了還要等人請教你不成寶
玉聽說便回道此處並無什麼蘭麝明月
洲渚之類若要這樣著跡說起來就題二百
聯也不能完賈政道誰案著你的頭教你
必定說這些字樣呢寶玉道如此說匾上
則莫若蘅芷清芬對聯則是
吟成荳蔻才猶艷
睡足酴醾夢也香

賈政笑道這是套的書成蕉葉文猶不
足為奇衆客道李太白鳳凰臺之作全套
黄鶴楼只要套得妙如今細評起来方才
可笑
這一聯竟比書成蕉葉猶覺幽嫻活潑視
收
成書之句竟似套此而来賈政笑說豈有
此理說著大家出来行不多遠則見巍々
峩々層楼高起面々琳宮合抱迢々複道
縈行青松拂簷玉欄繞砌金輝獸彩煥

螭頭賈政道這是正殿了只是太富麗了
些衆人都道要如此方是雖然貴妃崇節
尚儉天性惡繁悅朴然今日之尊礼宜如
此不為過也一面說一面走只見正面現
出一座玉石牌坊来上面龍蟠螭護玲瓏
鑿就賈政道此處書一何文衆人道必是
蓬萊仙境方妙賈政搖頭不語寶玉見了
這個所在忽有所動尋思起来到像那裡

見過的一般却一時想不起那年月日的事賈政又命他作題寶玉只顧細思前景全無心於此了衆人不知其意只當他受了這半日的折磨精神耗散才盡詞窮了再要考難逼拍著了急或生出事来到不便遂忙都勸賈政罷〻明日再題罷了賈政心中也怕賈母不放心遂冷笑道你這畜生也竟有不能之時了也罷限你一日

明日若再不成我定不饒這是要緊之處
更要好生作来說著引人出来再一觀望
原来自门所行至此才遊了十之五六又
值人回有雨村處遣人来回話賈政笑道
此數處不能遊也雖如此只得從那邊出
去縱不能觀也可稍覽說着引客行来至
一大橋前見水晶簾一般奔入原来這橋
便是通外河之閘引泉而入賈政因問此

聞何名寶玉道此乃沁芳泉之正源就名沁芳閘賈政道胡説偏不用沁芳二字于是一路行來或清堂或茅舍或堆石為垣或編花為牖或山下得幽尼佛寺或林中藏女道丹房或長廊曲洞或方廈圓亭賈政皆不及進去因説半日腿酸未嘗歇息又見前面露出一所院落來賈政笑道到此可要進去歇息歇息了説著一逕引人

遶著碧桃花穿過一層竹籬花障編就的
月洞门俄見粉墻環護綠柳周垂賈政與
衆人進去一入门兩邊俱是遊廊相接点
襯幾塊山石一邊種著数本芭蕉那一邊
乃是一顆西府海棠其勢若傘絲垂翠縷
葩吐丹砂衆人讚道好花〻〻從来也見
過海棠那裡有這樣妙的賈政道這叫作
女兒海棠乃是外國之種俗傳係出女兒

國中云彼國此種最盛亦荒唐不经之説
罷了衆人笑道然雖不经如何此名竟傳
久了寶玉道大約騷人咏士以此花之色
紅暈若施脂輕弱似扶病大近乎閨閣風
度此以女兒命名想因被世間俗惡聽了
他便以野史纂入為証以俗傳俗以訛傳
訛都認真了衆人都摇身讚妙一面説话
一面都在廊外抱厦下打就的榻上坐了

賈政因問想幾個什麽新鮮字來題此一客道蕉鶴二字最妙又一客道崇光泛彩方妙賈政與衆人都道好個崇光泛彩寶玉也道妙極了只是可惜了衆人問如何可惜寶玉道此處蕉棠兩植其意暗蓄紅綠二字存内若只説蕉無棠不可有棠無蕉更不可賈政道像你如何寶玉道依我題紅香綠玉四字方兩全其妙賈政道

不好〻〻說著引人進入房內只見這几
間房內收什的與別處不同竟分不出間
隔來的原來四面皆是雕空玲瓏木板或
流雲百蝠或歲寒三友或山水人物或翎
毛花卉或集錦或博古或萬福萬壽各種
花樣皆名手雕鏤五彩銷金嵌寶的一隔
一隔或有貯書處或有設鼎處或安置筆
硯處或供設瓶處或安放盆景處其隔各

式各樣或天圓地方或葵花蕉葉或連環半壁真是花團錦簇剔透玲瓏倏而五色紗糊就竟係小窗倏而彩綾輕覆竟係幽户且满墻满壁皆係古玩之形摳成的槽子諸如琴劒懸瓶之類雖懸於壁都是與壁廂平的衆人都道好精致想頭難爲怎庅想原来賈政等走了進来未到兩層便都迷了舊路左瞧也有門可通右瞧也有

窓暫隔及到了跟前又被一架書擋住回頭再走又有紗窓明透门徑可走及至门前忽見迎面也進了一群人都與自已形相一樣却是一架玻璃大鏡相照及轉過鏡去便是後院後（徑）後院出去到比先近了説着又轉了兩層紗廚錦隔果得一门出去院中滿架薔薇寶相轉過花障則見清溪（溪）前阻衆人咤異這股水又是從何而来

賈珍還指道原從那閘起流至洞口從此
山坳裡引到那村庄裡又有一道岔口引
到西南上共總流到這裡仍舊合在一處
從那墻下出去衆人聽了都道神妙之極
說着忽有大山阻路衆人都道迷了路賈珍
笑道隨我來乃在前引道衆人隨他直由
山脚邊忽一轉便是平坦寬闊豁然大门
前衆人都道有趣〻〻真搜神奪巧至于

是大家出来那寶玉一心只記掛着裡面又不見賈政吩咐少不得跟到書房賈政忽想起他来方喝道你還不去難道還逛不足也不想逛了這半日老太太必懸掛着還不快進去疼你也白疼了寶玉聽説方退了出来再看下回分解

石頭記第十八回

話説寶玉来至院外就有跟賈政的几個小廝抱住都説今日虧了你我們老爺才喜歡老太〻打發人来問了幾遍都虧我們回説喜歡不然老太太教你進去就不得展你的才了人〻都説你那些對比是人都强今日得了這樣的彩頭賞我們了寶玉笑道每人一吊錢衆人道誰没見那

一吊錢把這荷包賞了罷說着一個上来
鮮荷包那一個就解扇套不分說將寶玉
所佩之物盡行解去又道好生送上去罷
一個抱了起来幾個圍繞送至賈母二门
首那時賈母已命人看了幾次衆奶娘丫
嬛跟上来見過賈母知不曾難為着他心
中自是喜歡少時襲人倒了茶来見他身
邊所佩之物一個無存因笑道帶的東西

又是那個沒臉面的東西解去了黛玉聽
說走過來瞧〻果然一件無存因问寶玉
道我給你的那個荷包給了他们了你明
兒再想要我的東西可不能勾了說畢賭
氣回房將前日寶玉所煩他做的那個香
袋兒才做了一半賭氣拿過來就鉸寶玉
見他生氣便知不妥忙赶過來早剪破了
寶玉已過見這香囊雖尚未完却十分精

好

巧費了許多工夫今見無故剪了却也可氣因忙把衣領解開從裡面紅襖衿上將黛玉所給的那個荷包解下來遞與黛玉瞧道你瞧瞧這是什庅我那一回把你的東西給人了黛玉見他如此珍重帶在裡面可知是怕人拿去之意因又自悔莽撞未見皂白就剪了香袋因此又愧又氣低頭一言不發寶玉道你也不用剪我知道

你是懶待給我東西我連這荷包奉還如何說着擲在他懷中便走黛玉見如此說越發氣起来聲咽氣堵又汪汪的滾下泪来拿起荷包又剪寶玉見他如此忙回身搶住笑道好妹妹饒了他罷黛玉将剪子一摔拭泪就道你不用與我好一陣歹一陣的要惱就撂開手罷這當了什庅呢說著賭氣上床面向裡倒下拭泪禁不住寶

玉上来好妹〻長好妹〻短賠不是前面賈母一片聲找寶玉衆奶娘丫嬛們忙回説在林姑娘房裡呢賈母聽説道好好〻讓他們姊妹們一處頑頑罷才他老子拘他這半天讓他開心一會子罷只别叫他們辯嘴不許牛了他衆人答應着黛玉被寶玉纏不過只得起来道你的意思不叫我安坐我就離了你説着往外就走寶玉

好

笑道你到那裡我到那裡跟著一面仍拿了荷包来帶上黛玉伸手搶道你說不要了這會子又帶上我也替你怪臊的說著嗤的一聲又笑了寶玉道好妹〻明兒另替我做個香袋兒罷黛玉道那也瞧我的高興罷了一面說一面二人出去瞧王夫人上房去了可巧寶釵亦在那裡此時王夫人那邊熱鬧非常原来賈薔已從姑蘇

採買了十二個女孩子並聘了教習以及行頭等物来了那時薛姨媽另遷了東北上一所幽靜房舍居住將梨香院早已騰挪出来另行修理了就令教習在此教演女戲又另派家中舊有曾演學過歌唱的女人們如今皆已成老嫗了着他們代領管理就令賈薔總理其日用出入銀錢等事以及諸凡大小所需之物料賬目又有

秦之孝来回採訪聘買的十個小尼姑小道姑也是十個都有了連新做的二十分道袍也有了外有一個帶髮修行的本是蘓州人氏祖上也是讀書仕宦之家因生了這位姑娘自小多病曽許過出家因大些了就買了許多替身兒皆不中用須得他親自入了空门才好了所以帶髮修行今年才十八歲法名妙玉如今父母俱已亡

故身邊只有兩個老媽〻一個小丫頭伏
侍文墨也極通經文也不用學了模樣兒
又極好因聽見長安都中有觀音遺跡並
貝葉遺文去歲隨了師父上来現在西门
外牟尼院住着他師父極精演先天神數
于去冬圓寂了妙玉本要扶靈回鄉的他
師父臨寂遺言說他衣食起居不宜還鄉
在此靜居後来自然有你的結果以此他

竟未回去王夫人不等回完便說既這樣我们何不接了他来秦之孝回道請他々說侯门公府必以貴勢壓人我再不去的王夫人笑道他既是官宦小姐自然驕傲些就下個帖子請他何妨秦之孝答應了出去命書啟相公寫請帖去請妙玉次日備車轎去接後話暫且擱過此時不能表白當下又有人回工程上著糊東西的紗

綫請鳳姐去開樓揀紗綫又有人來回請鳳姐開庫收金銀器皿連王夫人並上房丫嬛等衆皆一時不得閑的寶釵便說偺們别在這裡碍手碍脚找探丫頭去說著同寶玉往迎春等房中來閒頑無話王夫人等日日忙亂直到十月將盡幸皆全備各處監管都交清賬目各處古董文玩皆已陳設齊備採辦鳥雀的自仙鶴孔雀以

及鹿兔鷄鴨等類悉已買全交與園中各
處採景飼養賈薔那邊也演出二十齣雜
戲來小尼姑道姑也都學會了幾卷經咒
賈政方畧心中寬暢又請賈母進園色色
斟酌點綴妥當無一些遺漏不當之處了
於是賈政方擇日題本本上之日硃批准
奏次年正月十五上元之日恩准賈妃省
親賈府領了此恩旨亦發晝夜不閒年也

不曾好生過的展眼元宵在邇自正月初八日就有太監出来先看方向何處更衣何處燕座何處受禮何處開筵何處退息又有巡察地方揔理關防太監等帶了許多小太監出来各處關防擋圍幙指示賈宅人員何處退何處跪何處進膳何處啟事種種儀注不一外面又有工部官員並五城兵備道掃打街道攆逐閒人賈赦等

督率匠人扎花燈烟火之類至十四日俱
已停妥這一夜上下通不曾睡覺至十五
日五鼓自賈母等有爵者皆按品服大觀
園内帳舞蟠龍簾飛彩鳳金銀煥彩珠寶
生輝鼎焚百合之香瓶插長春之蕊靜悄
無咳嗽之聲賈赦等在西街門外賈母等
在榮府大門外街頭巷口俱係圍幔擋嚴
正等的不耐煩忽一太監騎大馬而來賈

母忙接入問其消息太監道早多着呢未
初刻用過晚膳未正二刻還到寶靈宮拜
佛酉初刻進大明宮領宴後方請旨只怕
戌正才起身呢鳳姐聽了道既是如此老
太太太太且請回房等候是時候再來也
不遲于是賈母等暫且自便園中悉賴鳳
姐照管又命執事人帶領太監們去吃酒
飯一時傳人一担一担的挑進蠟燭各處

方点完時忽聽外面馬蹄之聲一時有十来個太監都喘吁〻跑来拍手兒這些太監會意都知道是来了来了各按方向站住賈赦領合族子姪在西街门外賈母領合族女眷在大门外迎接半日靜悄〻的忽見一對紅衣太監騎馬緩〻的走来至西门西街门下了馬將馬趕出圍幙之外便垂手面西站住半日又是一對亦是如

此便来了十来對方聞隱〻細樂之聲一
對〻龍旌鳳翣雉羽夔頭又有金鎖提炉
焚著御香然後一把曲柄七鳳金黃傘過
来便是冠袍帶履又有值事太監捧著香
珠繡帕漱盂拂塵等類一隊〻過完後面
方是八個太監抬著一頂金頂金黃繡鳳
版輿緩〻而来賈母等連忙路傍跪下早
飛跑過幾個太監来扶起賈母王夫人邢

夫人来那版輿抬進大门入儀門往東去
到一所院落门前有執拂太監跪請下輿
更衣于是抬輿入门太監等散去只有昭
容彩嬪等引入領元春下輿只見院内各
色花燈烱灼皆係紗綾扎成精緻非常上
面有一匾燈寫著体仁沐德四字元春入
室更衣畢復出上輿進園只見園中香煙
繚繞花彩繽紛處〻燈光相映時〻細樂

赦喧說不盡這太平氣象富貴風流此時
自已回想在大荒山中青埂峯下那等凄
凉寂寞若不虧癩僧跛足道人二人携来
到此又安能得見這樣世面本欲作一篇
燈月賦省親頌以誌今日之事但又恐入
了別書的俗套按此時之景即作一賦亦不能
讚其豪華富貴懸觀者諸公亦可想而知矣
此以到是省了這工夫紙筆且說那賈妃

在轎內看此園內外豪華默默嘆息奢華過費忽又見執拂太監跪請登舟賈妃下了輿只見清流一帶勢若遊龍兩邊石欄上皆係水晶玻璃各色風灯点的如銀光雪浪上面柳杏諸樹雖無花葉然皆用通草綾紙絹依勢作成粘於枝上的每一株懸燈數盞更兼池中荷荇鳧鷺之屬皆係螺蚌羽毛之類作就的諸灯上下爭輝真

係玻璃世界珠寶乾坤船上亦係各種精緻盆景諸灯珠簾繡幙桂楫蘭橈自不必説已而入一石港港上一面匾燈現著蓼汀花溆四字按此四字並有鳳来儀等處皆係上回賈政偶然一試寶玉之課藝才情耳何今日真用此匾聯況賈政世代詩書来往諸客屏侍坐陪者悉皆才技之流豈無一名手題撰竟用小兒一戲之詞苟

且厚塞直似暴發新榮之家濫使銀錢一
味抹油塗硃畢則大書前門綠柳垂青鎖
户後青山列錦屏之類則已為大雅可觀
豈石頭記中通部此表寧榮府此為截接
此論之意大相矛盾了諸公不知待蠢物
將原委說明大家方知當日這賈妃未入
宫時自幼已係賈母教養後來添了寶玉
賈妃乃長姊寶玉為弱弟賈妃之心上念

父母年已邁始得此第是以怜愛寶玉與
諸弟不同且同隨祖母時刻未離那寶玉
未入學堂之先三四歲時已得賈妃手引
口傳教授了幾本書數千字在腹內了其
名分雖係姊第其情狀有如母子自入宮
後時時代信出來與父母說千萬好生扶
養不嚴不能成器過嚴恐生不虞且致祖
母之憂養念切愛之心時刻不能忘前日

賈政聞塾師背後讚寶玉偏才儘有賈政
未信適巧遇園落成令其題撰聊一試其
情思之清濁其所擬之匾聯雖非妙句在
幼童爲之亦或可取即另使名公大筆爲
之固不廢難然想來到不如這本家風味
有趣更使賈妃見之知係其愛弟所爲亦
或不負其素日切望之意因有這段原委
故此竟用了寶玉所題之聯額那日雖未

題完後来亦曾補擬閒文少叙且說賈元妃看了四字笑道花溆二字便妥何必蓼汀侍座太監聽了忙下小舟飛傳與賈政賈政聽了即忙移換一時舟臨岸復棄舟上輿便見琳宮綽約桂殿巍峩石碑上明顯天仙寶境四個大字賈妃忙命換省親别墅四字于是進入行宮但見庭燎燒空香屑佈地大樹奇花金窗玉檻說不盡簾

捲蝦鬚毯鋪魚獺鼎飄麝腦之香屏列雉尾之扇真是金门玉户神仙府桂殿蘭宮妃子家賈妃乃問此殿何無匾額隨侍太監跪啟道此係正殿外臣未敢擅擬賈妃点頭不語禮儀太監跪請升座受禮兩陛樂起禮儀太監二人引賈赦賈政等於月台下排班殿上昭容傳諭曰免太監引賈赦等退出又有太監引榮國太君及女眷

等自東堦升月台上排班昭容再諭曰免於是引退茶已三獻賈妃升座樂止退側殿更衣方備省親車駕出園至賈母正室欲行家禮賈母俱跪止不迭賈妃滿眼垂淚方彼此上前相見一手挽賈母一手挽王夫人三個人滿心裡皆有許多話只是俱說不出來只管嗚咽對淚邢夫人李紈王熙鳳迎探惜三姊妹俱在傍圍繞垂淚

好

無言半日賈妃方忍悲強笑安慰賈母王夫人道當日既送到不得見人的地方好容易今日回家娘兒們一會不說說笑〻反倒哭起來一會子我去了又不知多早晚才來說到這句不禁又哽咽起來邢夫人等忙上來勸解賈母等讓賈妃歸座又隨次一一見過又不免哭泣一番然後東西兩府管家執事人丁在廳外行禮及兩

府掌管執事媳婦領了鬟等行禮畢賈妃因問道薛姨媽寶釵黛玉因何不見王夫人啟曰外眷無職未敢擅入賈妃聽了忙命快請一時薛姨媽等進來欲行國禮亦命免過上前各敘闊別寒温又有賈妃原帶進宮去的丫嬛抱琴等上來叩見賈母等連忙扶起命別室款待執事太監及昭容彩嬪各侍從人等寧國府及賈赦那宅

兩處欵待只留三四個小太監答應母女姊妹深叙些離别景况及家務私情又有賈政至簾外問安賈妃垂簾行參等事又隔簾垂泪謂其父曰田舍之家雖虀鹽布帛終能叙天倫之樂今雖富貴已極骨肉各方然終無意趣賈政亦含泪啟道臣草莽寒门鳩群鴉屬之中豈意得徵鳳鸞之瑞今貴人上錫天恩下昭祖德此皆山川

日月之精奇祖宗之遠德鍾于一人幸及
政夫婦且今上啟天地生物之大德垂古
今未有之曠恩雖肝腦塗地臣子豈能得
補于萬一惟朝乾夕惕忠于厥職外願吾
君万歲千秋乃天下蒼生之同幸也貴妃
竊勿以夫婦殘犁為念滿憒金懷更祈自
加珍愛惟業業兢兢勤慎恭肅以侍上庶
不負上体貼眷愛如此之隆恩也賈妃亦

囑只亦國事為重暇時保養切勿記念等
語賈政又啟園中所有亭臺軒館皆係宝
玉所題如果有一二稍可寓目者請別賜
名為幸元妃聽了寶玉能題便含笑說果
然進益了賈政退出賈妃見宝釵黛玉二
人亦发比別姊妹不同真是姣花軟玉一
般因問寶玉為何不進見賈母乃啟無諭外
男不敢擅入元妃命快引進來小太監出

去引寶玉進来先行國禮畢元妃命他進前携手攔于懷内又撫其頭頸笑道比先竟長了好些一語未了泪如雨下尤氏鳳姐等上来啟道筵宴齊備請貴妃遊幸元妃等起身命寶玉導引遂同諸人步至園門前早見燈光火樹之中諸般羅列非常進園来先從有鳳来儀紅香綠玉杏帘在望蘅芷清芬等處登樓步閣涉水轉山百

般眺覽徘徊一處〻鋪陳不一〻椿〻点
綴新奇賈妃極加奬讚又勸以後不可太
奢華此皆過分之極已而至正殿諭免禮
歸座太開筵宴賈母等在下相陪尤氏李
紈鳳姐等親捧羹把盞元妃乃命傳筆硯
伺候親搦湘管擇其最喜者賜名按其書
云　顧恩思義匾額　天地啓宏慈赤子蒼
頭同感戴　古今垂曠典九州萬國被恩

榮此匾對書於正殿大觀園園之名有鳳來儀賜名曰瀟湘館
紅香綠玉改作怡紅快綠即名曰怡紅院蘅芷清芬賜名曰蘅蕪苑杏
帘在望賜名曰澣葛山莊正樓曰大觀樓東面飛
樓曰綴錦閣西面斜数樓曰含芳閣更有
蓼風軒藕花榭紫菱洲荇葉渚等名又有
四字的匾額十数個諸如梨花春雨桐剪
秋風荻芦值雪等名此時悉難全記又命
舊有匾聯俱不必摘去于是先題一絶云

啣山抱水建來精　多少工夫築始成
天上人間諸景備　芳園應錫大觀名

寓畢向諸姊妹笑道我本無才且不長于吟咏姊妹輩素所深知今夜聊以塞責不負斯景而已異日少暇必補撰大觀園記並省親頌等文已記今日之事妹輩也各題一匾一詩隨才之長短亦暫吟成不可因我微才所縛且喜寶玉竟知題咏是我意

外之想此中瀟湘館蘅蕪苑二處我所極
愛次之怡紅院澣葛山庄此四處必得别
有章句題咏方妙前所題之聯雖佳如今
再各賦五言律一首使我當面試過方不
負我自幼教授之苦心寶玉只得答應了
下来自去構思迎探惜三人之中要算探
春又出於衆姊妹之上然其才亦難與薛
林爭衡只得勉强隨衆塞責而已李紈也

勉强奏成一律賈妃先挨次看姊妹们寫的是

曠性怡情　匾額　　迎春

園成景備特奇奉命羞題額曠怡誰信世間有此景遊来寧不暢神思

萬象爭輝　匾額　　探春

名園築出勢巍〻奉命何慚学淺微精妙一時言不出果然萬物有光輝

文章造化　匾額　　惜春

山水横拖千里外樓臺高起五雲中園備
日月光輝裡景奪文章造化功

文彩風流　匾額　　李紈

秀水名山抱復回風流文彩勝蓬萊綠裁
歌扇迷芳草紅襯湘裙舞落梅珠玉自應
傳盛世神仙何幸下瑤臺名園一自邀遊
幸未許凡人到此來

凝輝鍾瑞 匾額

薛寶釵

芳園築成帝城西華日祥雲籠罩奇高柳喜遷鶯出谷修篁時待鳳来儀文風已著宸遊夕孝化應隆歸省時瑞藻仙才盈彩筆自慚何敢再為辭

世外仙源 匾額

林黛玉

名園築何處仙境別紅塵借得山川秀添来景物新香融金谷酒花媚玉堂人何幸

邀恩寵宮車過往頻

元妃看畢稱賞一番又笑道終是薛林二妹之作與衆不同非愚姊妹可同列者原来黛玉安心今夜大展奇才要壓倒群芳不想賈妃只命一匾一咏到不好違諭多作只得胡亂作一首五言律應景罷了彼時寶玉尚未作完只剛作了瀟湘館與蘅蕪苑二首正作怡紅院起草因有綠玉春

猶捲一句寶釵轉眼瞥見便乘衆人不理
論急忙回身悄推他道他因不喜紅香綠
玉才改了怡紅快綠你這會子偏用綠玉
二字豈不是有意和他爭馳了況且蕉葉
之說也頗多再想一個字改了罷寶玉見
寶釵如此說便拭汗說道我這會子總想
不出什庅故典來寶釵笑道你只把綠玉
的玉字改作蠟字就是了寶玉道綠蠟可

有出處庅寶釵見問悄々的咂嘴点頭笑
道虧你今夜不過如此將来金殿對策你
大約連趙錢孫李都忘了呢唐錢翊咏芭
蕉詩頭一句冷燭無烟綠蠟乾你都忘了
不成寶玉聽了不覺洞開心臆笑道該死
該死現成眼前之物偏到想不起来了真
可謂一字師了從此後我只叫你師父再
不叫姊々了寶釵亦悄々笑道還不快作

宝釵亦未
能免俗

上去只管姐〻妹〻的誰是你姐〻那上
頭穿黃袍的才是你姐〻你又認我這姐
姐来了一面説笑因又怕他躭延工夫遂
抽身走開了寶玉只得續成共有了三首
此時林黛玉未得展才抱負自是不快因
見寶玉獨作四律大費精神因尋思何不
替他作兩首也省他些精神不到之處想
著便走至寶玉案傍悄問可都有了寶玉

道才有了三首只少杏帘在望一首了黛
玉道既如此你只抄録前三首罷趕你寫
完那三首我也替你作出這首来了説畢
低頭一想早已吟成一律便寫在紙條上
搓成一個團子擲在他跟前寶玉打開一
看只見此首比自己所作的三首高過十
倍真是喜出望外遂忙抄下恭楷呈上貴
妃看道

臣
寶玉謹題

有鳳来儀

秀玉初成實堪宜待鳳凰竿竿青欲滴個
個緑生凉并砌防階水穿簾碍鼎香莫摇
青碎影好夢晝初長

蘅芷清芬

蘅蕪滿靜苑蘿薜助芬芳軟襯三春草柔
拖一縷香輕烟迷曲徑翠冷滴廻廊誰謂
池塘曲謝家幽夢長

怡紅快綠

深庭長日靜兩〻出嬋娟綠蠟春猶倦紅妝夜未眠憑欄垂絳袖倚石護青烟對立東風裏主人應自憐

杏帘在望

杏帘招客飲在望有山莊菱荇鵞兒水桑榆燕子樑一畦春韮綠十里稻花香盛世無饑餒何須耕種忙

賈妃看了喜之不盡說果然進益了又指
杏帘一首為三首之冠遂將滸葛山莊改
為稻香村又命探春另以彩箋謄錄出方
才一共十數首詩出令太監于外廂賈政
等看了都稱頌不已賈政又上歸省頌元
春又命以瓊酥金膾等物賜與寶玉並賈
蘭此時賈蘭極幼未達諸事只不過隨母
依叔行禮故無別傳賈環從年內染病未

痊自有個處調養故亦無傳即時賈薔代領十二個女戲在樓下正等的不禁耐只見一太監飛跑来說作完了詩快拿戲目来賈薔急將錦冊呈上並十二個花名单子少時太監出来只点了四齣

第一齣豪宴（一捧雪中 伏賈家敗）　第二齣乞巧（長生殿中 伏元妃死）

第三齣仙緣（邯鄲夢中 伏甄寶玉送玉）　第四齣離魂（牡丹亭中 伏黛玉死）

賈薔慌忙扮演起来一個〻歌欺裂石之

何必

音舞有天魔之態雖是扮演的形容却作盡悲歡的情狀剛演完了一太監執一金盤糕点之屬進來问誰是伶官賈薔便知是賜伶官之物喜的忙接了命伶官叩頭太監又道貴妃有諭說伶官極好再作兩齣戲不拘那兩齣就是了賈薔忙答應了因命伶官作游園驚夢二齣伶官自為此二齣原非本角之戲執意不作定要作相

約相罵二齣賈薔扭他不過只得依他作了賈妃甚喜命不可難為了這女孩子好生教習另外賞了兩疋宮緞兩個荷包並金銀錁子食物之類然後撤宴將未到之處復又遊玩忽見山懷裡佛寺忙另洗手進去焚香拜佛又題一匾云苦海慈航又另加恩于一般幽尼女道少時太監跪啟賜物俱齊請驗等例乃呈上略節賈妃從

頭看了俱甚妥協即命照此遵行太監聽了下來一〻發放原來賈母的是金玉如意二柄沉香拐拄一根茄楠念珠一串富貴長春宮緞四疋紫金筆錠如意錁十錠吉慶有魚銀錁十錠邢夫人王夫人二分只減了如意拐杖念珠四件賈敬賈赦賈政等每人御製新書二部寶墨二匣金銀爵各二隻表禮按前寶釵黛玉迎春探春

惜春等每人新書一部寶硯一方新樣各式金銀錁四對寶玉亦同此賈蘭則是金銀項圈二個金銀錁二對尤氏李氏鳳姐等皆是金銀錁八錠表禮四端薛姨媽亦同此外表禮二十四端大錢五百串是賜與賈母邢王夫人及諸姊妹房中衆奶娘丫嬛的賈珍賈璉賈環賈蓉等皆是表禮一分金銀錁四雙其餘彩緞百端金銀千

兩御酒華筵是賜東西二府凡園中管理陳設及司戲掌燈諸人的外有大錢五百串是賜廚役優伶百戲雜項人丁的衆人謝恩已畢執事太監啓道時已丑正三刻請駕回鑾賈妃聽了不由的滿眼又滚下泪来却又勉强堆笑拉住賈母王夫人的手緊緊的不放再四叮嚀不須記罣好生自養如今天恩浩瀚一月許進内省視二

次見面是儘有的何必傷慘些明歲天恩仍許歸省万不可如此奢華靡费了賈母等已哭的哽噎難言了元妃雖不忍别怎奈王家規範違錯不得只得忍心上輿去了這裡諸人好容易將賈母王夫人安慰解勸方才扶出園門進上房去了要知端的且看下回

第十九回

情切切良宵花解語
意綿綿静日玉生香

話説賈妃回宫次日見駕謝恩并回奏歸省之事龍顔甚悦又發内帑綵緞金銀等物及各椒房等貟（補這一句細方見省親不獨賈家一門）不必細説且説榮寧二府中因連日用盡心力真是人人力倦各各神疲又將園中一

應陳設動用之物收拾了兩三天才完第
一個鳳姐事多任重別人或可偷安躲靜
獨他是不得脫得的二則本性要強不肯
落人褒貶只拃挣着與無事的人一般伏下
病源第一個寶玉是極無事最閒暇的偏这日
一早襲人的母親又親來回過賈母接襲人
家去吃年茶晚間纔得回來因此寶玉只
合眾了環們擲骰子趕圍棋作戲是正月光景

正在房内頑的沒興頭忽見丫頭來回說東府珍大爺來請過去看戲放花燭寶玉聽了便命換衣裳纔要去時忽又有元妃賜出糖蒸酥酪來寶玉想上次襲人喜吃此物便命留與襲人了自己回過賈母過去看戲誰想賈珍這邊唱的是丁郎認父黃伯央擺陰魂陣更有孫行者大鬧天宮姜子牙斬將封神等類的戲文倏爾神鬼亂

出忽又 妖魔畢露甚至于揚旛過會號佛行香鑼鼓喊叫之聲遠聞巷外滿街之人都道好熱鬧戲別人家斷不能有的寶玉見繁華熱鬧的如此不堪的田地只畧坐了一坐便走開各處閒耍先是進內合尤氏合了環姬妾説笑了一回便出二門來尤氏等仍料他出來看戲遂也不曾照管賈珍賈璉薛蟠等只顧猜枚行令百般作

樂也不理論縱一時不見他在座只道在
裡邊去了故也不問至于跟寶玉的小厮
那年紀大些的知寶玉这一來了必是晚
間才散因此得空也有會賭去的也有往
親友家去吃年茶的更有或嫖或飲的都
私自散了待晚間再來那些小的都鑽在
戲房里瞧熱鬧去了寶玉見一個人沒有
因想來日这里有小書房名　内堂掛着

一軸美人極画的得神今日这般熱鬧想那里自然冷静那美人也自然是寂寞的須得我去望慰他一回寫出絕代情癡宜乎衆人謂之瘋傻想着便往書房里來剛至窓前聞得房内有呻吟之聲寶玉到唬了一跳敢是美人活了不成又帶出小兒心意一絲不落如乍着胆子甜破窓紙向内一看那軸美人却不曾活却是茗烟按着一個女孩子也幹那警幻所

訓之事寶玉禁不住大叫了不得一脚踹進門去將那兩個唬開了抖衣而顫茗烟見寶玉忙跪求不迭寶玉道青天白日這是怎麼說開口便好珍大爺知道你是死是活一面看那了頭雖不標緻到還白淨些微亦有動人之處羞的臉紅耳赤低頭無言寶玉跺脚道還不快跑此等搜神奪魄處至神至妙處只在囫圇不解中得一語提醒了那了頭飛也似去了

寶玉又赶出去叫道你别怕我是不告訴人的真正活寶玉移之别人不可急的茗烟在後叫祖宗这是分明告訴人了寶玉問那丫頭十几歲了茗烟道大不過十六七歲了寶玉道連他的歲数也不問〻别的自然越發不知了可見他只認得你了可憐可憐又問名字叫什么茗烟笑道若說出名字來話長真真新奇　文竟是寫不出來的據

他說他母親養他的時節作了一個夢〻
見得了一疋錦上面是五色富貴不斷頭
萬字的花樣所以他的名字就叫萬兒寶
玉聽了笑道真也新奇想必他將來有些〻
造化說着沉思一會茗烟因問二爺為何
不看这樣的好戲寶玉說看了半日怪煩
的侹侹就遇見你們了这會子作什庅呢
茗烟笑道这會子没人知道我悄悄的引

二爺往城外逛去再往这里來他們就不知道了茗烟此時只要掩飾方才之過故設此以悅寶玉之心寶玉道不好仔細花子拐了去便是他們知道了又鬧大了不如往熟近些的地方去還可就來茗烟道熟近地方誰家可去这却難了寶玉笑道依我的主意偺們竟找你大姐〻去瞧他在家作広呢妙寶玉心中早按了这着但恐茗烟不肯引去可恰遇茗烟私行淫媾為寶玉所協故以城外引之以悅其心

始說出往花家去非茗烟惧罪斷不敢如此私引出外別家子弟尚不敢私出況寶玉茗烟哉又字筍褉細極茗烟笑道好々道忘了他家又道若他們知道了說我引着二爺胡走要打我呢亦不可少之語寶玉道有我呢茗烟聽說拉了馬二人從後門就走了幸而襲人家不遠不過一半里路程瞑眼已到門首茗烟先進去叫襲人之兄花自芳彼時襲人之母接了襲人與几個外甥女兒几個

好

姪女兒來家正吃菓茶聽見外面有人叫花大哥花自芳忙出去看時見是他主僕兩個唬的驚疑不止連忙抱下寶玉來在院嚷道寶二爺來了別人聽見還可襲人聽見也不知為何跑出來迎着寶玉一把拉住問你怎広來了寶玉笑道我怪悶的來瞧瞧你作什広呢襲人聽了才把心放下來嗐了一聲笑道（轉至笑字妙神）你也特胡鬧

了該說得是可作什庅來呢一面又問茗烟還
有誰跟來細茗烟笑道別人都不知就只
我們兩個襲人聽了須又驚恍是必有之神理飛故
作頓擺說道这還了得倘或硼見了人或是
遇見了老爺街上人擠人車硼馬有個閃
失也是頑得的你們的胆子比斗還大都
是茗烟調唆的回去我定告訴媽〻們打
你該說說得是茗烟撇了嘴道二爺罵着打着

吽我引了來的这會子推倒我身上我說
別來罷不然我們還去罷 賊花自芳忙勸
道罷了已是來了也不用多說了只是茅
簷草舍又窄又贜爺怎広坐呢襲人之母
也早迎了出來襲人拉了寶玉進去寶玉
見房中三五個女孩兒見他進來都低了
頭羞慚慚的花自芳母子兩個百般怕寶
玉冷又讓他上炕又忙另擺菓桌又忙另

倒好茶他用三又字上文一個百般神理活現襲人說道你們不用白忙如此至微至小便帶出世家常情一面說一面將自己的坐褥拿了鋪在一個机上寶玉坐了用自己的脚爐墊了脚向荷包内取出兩個梅花香餅兒又將自己的手爐掀開焚上仍蓋好放于寶玉懷内然後將自己的茶杯斟了茶送與寶玉疊用四自己寫得寶襲二人平日如何親洽如何尊榮此時一盤托出蓋平日身居侯府綺羅錦綉之中

其安富尊榮之寶玉親密浹洽勤性委婉之襲人是分所當不必寫者也今于此一補更見其平日二人之情義且明透此回中所有母兄故為贖身口角等未到之過文

彼時他母兄已是忙另齊〻整〻的擺上一桌菓品來襲人見總無可吃之物補明寶玉自幼何等嬌貴以此一句留與下部後段十回寒冬噎酸虀雪夜圍破毡等處對着可後生過分之戒嘆〻因笑道既來了沒有空回之理好歹嚐一點兒也是來我家一淌說着便拈了几個松子穰吹去細皮用手帕

托着送與寶玉寶玉看見襲人兩眼紅粉光融滑因悄問襲人好〻的哭什庅襲人笑道何常哭才迷了眼揉的因此便遮掩過了當下寶玉穿着大紅金蟒狐腋箭袖外罩石青貂裘排穗褂襲人道你特為往这里來又換新衣服他們就不問你那去的寶玉笑道原是珍大爺請過去看戲換的襲人點頭又道坐一坐就回去罷这個

地方不是你來的寶玉笑道你就家去總〻好呢我還替你収着好東西呢襲人悄笑道悄〻的叫他們聽着什麼意思想見二人素日情分一面又伸手從寶玉項上將通靈玉摘了下來向他姊妹們笑道你們笑道你們見識見識時常說起來都道希罕恨不能一見今兒可儘力瞧了再瞧什麼希罕物兒也不過是這個東西說畢遞與他們傳

看了一遍仍與了寶玉掛好又命他哥〻
去或顧一乘小轎或僱一輛小車送寶玉
回去花自芳道有我送去騎馬也不妨了
襲人道不為不妨為的是碰見人花自芳
忙去僱了一乘小轎來衆人也不好相留
只得送寶玉出去襲人又抓些菓子與茗
烟又把些錢與他買花炮放叫他不可告
訴人連你也有不是一直送寶玉至門前

看着上轎放下轎簾花茗二人牽馬跟隨來至寧府街茗烟命住轎向花自芳道須得我同二爺還到東府里混一混才好過去的不然人家就疑惑了花自芳聽說有理忙将寶玉抱出轎來送上馬去寶玉笑說道難為你了於是仍進後門來俱不在話下却說寶玉自出了門他房中这些了環們都越恣意的頑笑也有赶圍棋的也

有擲骰抹牌的磕了一地瓜子皮偏奶母
李嬷拄拐進來請安瞧〻寶玉見寶玉不
在家了頭們只僱頑鬧十分看不過因嘆
道只從我出去了不大進來你們越發不
相樣兒了別的嬷〻們越發不敢説你們
了那寶玉是個丈八的燈臺照見人家照
不見自家只是嫌人家臟这是他的屋子
由着你們遭榻越不成體統了这些了頭

明知寶玉不講究这些二則李嬤〻已是
告老出去的了如今管他們不着因此只
倨頑並不理他那李嬤〻還只管問寶玉
如今一頓吃多少飯什么時辰睡覺等語
可嘆
總胡答應有的說好個討厭的老皃李
嬤又問道这盖碗里酥酪怎不送與我去
就吃了罷說着拿來就吃一個了頭道快
別動那是說了給襲人留着的回來又惹

氣了你老人家自已承認別帶累我們生氣李嬷〻聽了又氣又愧便說道我不信他这樣壞了別說我吃了一碗牛奶就是再比这個值錢的也是應該的難道待襲人比我還重難道他不想〻怎麽長大了我的血變的奶吃的長这麽大如今我吃他一碗牛奶他就生氣了我偏吃了看怎樣你們看着襲人不知怎樣那是我里調

理出來的毛丫頭什庅阿物兒一面説一面賭氣將酥酪吃盡又一丫頭笑他們不會説話怨不得你老人家生氣寶玉時常還送東西孝敬你老人家去豈有為这個不自在的李嬷〻道你們也不必狐媚子哄我打量上次為茶攆茜雪的事我不知道呢明日有了不是我再來領説着賭氣去了少時寶玉回來命人去接襲人只見

晴雯淌在床上不動嬌憨已慣寶玉因問敢是病了再不然輸了秋紋道他到是贏的誰知李老太太來了混輸了他的氣的睡去了寶玉笑道你們只合他一般見識由他去就是了說着襲人已來彼此相見襲人又問寶玉何處吃飯多早晚回來又代母妹問諸姊妹同伴好一時換衣卸粧寶玉命取酥酪來了環們說李奶奶吃了寶玉

才要説話襲人便忙笑説道原來是留的
这個多謝費心前兒我吃的時節好吃吃
過了好肚子疼〻的吐了才好了他吃了
到好擱在这里到白遭榻了我只想風乾
栗子吃你替我剥栗子我去鋪床必如此方是
寶玉聽了信以為真方把酥酪丟開取栗
子自來向燭前撿剥一面見衆人不在房
中乃笑道今兒那個穿紅的是你什広人

襲人道那是我兩姨妹子寶玉聽了讚歎兩聲这一讚歎又是令人囫圇不解之語抵過一篇文字襲人道嘆什庅我知道你心里的原故想是你說他那里配紅的補寶玉素喜紅色这是譏語寶玉笑道可是可是那樣人不配穿紅的誰還敢穿呢我因為見他寔在好的狠怎庅也得他在咱們家里就好了妙談妙意襲人冷笑道我一個人是奴才命罷了難道連我的親戚也

都是奴才命不成定還要揀寔在好的了頭才往你家來寶玉聽了忙笑道你又多心了我説往咱們家來必定是奴才不成説親戚就使不得襲人説他也搬配不上寶玉便不肯再説只是剥栗子襲人笑道怎庅不言語了想是方才冒撞冲犯了你明兒賭氣花几兩銀子買他們進來就是了寶玉笑道你説的話怎庅叫我荅言呢

不過是讚他好正配生在深屋大院里没
的我們这種濁物到生在这里襲人道他
雖没这造化到也是嬌生慣養的呢我姨
爺姨娘的寶貝如今十七歲各樣的嫁粧
都齊備了明年就出嫁寶玉聽了出嫁二
字不禁又嗐了一聲正不自在只聽襲人
嘆道只從我來这几年娣妹們都不得在
一處如今我要回去了他們又都去了寶

玉聽这話内有文章不竟吃一驚忙丟下
栗子問道怎庅你如今要回去了襲人道
我今日聽見我媽合我哥謪議叫我再耐
煩一年明年他們上來就贖我出去呢寶玉
聽了这話越忙了因問為甚庅贖你襲人
道这話奇了我又比不得是你这里家生
子兒一家子都在此處獨我一個人在这
里怎庅是個了局寶玉道我不放你去也

難襲人道從來沒有這理便是朝廷家里也有定例或几年一遷几年一入也沒有長遠留下人的理別說你了寶玉想了想果然有理又道老太太不放你也難襲人道為什庅不放我果然是個最難得的或者感動了老太太太太必不可放我出去的或多給我們家几兩銀子留下我然或有之其寔我也不過是個最平常的人比我

强的有而且多自我從小兒來了跟着老太〻先服侍了史大姑娘几年如今又服侍了你几年如今我們家來贖正是該叫去的只怕連身價也不要就開恩叫我去呢若說為我服侍的你好不叫我去斷然没有的事那服侍的好是分內應當的不是甚麽奇功我去仍舊又有好的來不是没了我就成不得的寶玉聽了这些話竟

是有去的理没有留下的理心内越發急
了因又道雖然如此說我一心只要留下
你不怕老太〻不合你母親說多給你母
親些〻銀子他也不好意思接你了襲人道
我媽自然不敢强且慢說合他好說又多
給他銀子就便不好合他說一個錢也不
給安心要强留下我他也不敢不依但只
是咱們家從没幹这倚勢仗貴霸道的事

这比不得别的東西因為你喜歡加十倍利筭了來給你那賣的人不得吃虧可以行得如今無故平空留下我于你又無益反呌我們骨肉分離这件事老太〻太〻断不肯行的寶玉聽了思忖半晌乃說到你依說你是去定了襲人道去定了寶玉聽了自思道誰知这樣一個人这樣薄情無義乃嘆道早知道都是要去的我就不

該弄了來臨了剩了我一個孤鬼説着便
賭氣上床睡去了原來襲人在家聽見他
母兄要贖他回去他就説至死也不回去
的人説當日原是你没飯吃就剩我還値
几兩銀子若不叫你們賣没有個看着老
子娘餓死的理如今幸而賣到这個地方
吃穿合主子一樣又不朝打暮駡况且如
今父親雖没了你們却又整理的家成業

就復了元氣若果然還艱難把我贖出來
再多掏澄几個錢也還罷了其寔又不難
了这會子又贖我作什庅權當我死了再
不必提起贖我的念頭因此哭鬧了一陣
以此補今日在家之可與寶玉問哭一句對針
執自然必不出來的了況且原是賣倒的
死契明仗着賈宅是慈善寬厚之家不過
求一求只怕連身價銀一併賞了還是有

的事呢又央帶去賈府平日施為來與襲人口中對針二則賈府中從不曾作踐下人只有恩多威少的但凡老少房中所有親侍的女孩子們更比待家下衆人不同平常寒薄人家的小姐也不能那樣尊重的因此他母子兩個也就死心不贖了次後忽然寶玉去了他二人又是那樣景况他母子二人心中早明白了越發石頭落了地而且是意外之想

彼此放心再無贖念了如今且說襲人自
幼見寶玉性格非常其淘氣憨頑自是出
了衆小兒之外更有几件千奇百怪只不
能言的毛病兒近來仗着祖母溺愛父母
又不能十分嚴緊拘管更覺放蕩弛縱任
性恣情最不喜務正这是小兒同病每欲勸時料
他不能聽今日可巧有贖身之論故先用
騙詞以探其情以壓其氣然後好下箴規

今見他默〻睡去了知其情有不忍氣已綏墮不獨解語亦且有志自已原不想栗子吃的只因怕為酥酪又生事故亦如茜雪之茶等事可謂賢而且智是以假以栗子為由混過寶玉不提就完了于是命小丫頭子們將栗子拿去吃了自已來推寶玉只見寶玉淚痕滿面正是無可柰何之時襲人便笑道这有什庅傷心的你果然留我我自然不出了寶玉見

这話有文章便說道你到說〻我還要怎庅留你我自己也難二人素常情義襲人笑道咱們素日好處自不必說但今日安下心要留我不在这上頭我另說出兩三件事來你果然若依了我就是你真心留我了刀擱在脖子上我也是不出去的了寶玉忙笑道你說那几件我都依你好姐〻好親姐〻别說兩三件就是二三百件我也依

的只求你們同看着我等我有一日化成了飛灰飛灰還不好灰還有形有迹有知識等我化成一股輕烟風一吹便散了的時候你們也管不得我我也僱不得你們了那時憑我去我也憑你們爱那里去就去了急的襲人忙握他的嘴說好々的正為勸你這些更說的狠了寶玉忙說道再不說這話了襲人道這是頭一件要改的

寶玉道改了再説你就撙嘴還有什庅襲
人道你真喜讀書也罷假喜也罷只是在
老爺跟前或在別人跟前你別只管批駁
誚謗只作出個喜讀書的樣子來也叫老
爺少生些氣在人前也好説話他心里想
着我家代〻讀書只從有了你不承望你
不但不喜讀書已經他心里又氣又愧了
而且背前背後説那些混話凡讀書上進

的人就起了名子叫他祿蠹又說只除明明德外無書都是前人自己不能解聖人之書便另出己意混編纂出來的話怎怨的老爺不氣不時〻打你叫別人怎麼想你寶玉笑道再不說了那原是那小時不知天高地厚信口胡說如今再不敢說了還有甚麼襲人道再不可毀僧謗道調脂弄粉還有更要緊的一件再不許吃人家

嘴上搽的胭脂了與那愛紅的毛病兒寶玉道都改都改再有什麽快説襲人道再也没有了只是凡百檢點些不可任意任性的就是了你若果都依了就是那八人轎抬我也抬不出我去了寶玉笑道你这里長遠了不怕没八人轎你坐襲人冷笑道这我可不希罕的有那個福氣没有那個道理縱坐了也没甚趣二人正説着只

見秋紋走進來說三更了該睡了方才老太〻打發嬤〻來問我荅應睡了寶玉命取表來看時果然針已指到亥正才從新盥漱寬衣安歇不在話下至次日清晨襲人起來便覺身体發重頭疼目脹四肢火熱先時還作挣的住次後捱不住只要睡着因而合衣淌在炕上寶玉忙回了賈母傳醫胗視說道不過係感風寒吃一兩劑

藥踈散踈散就好了開方去後取藥來煎
好剛服下去命他盖上被窩汗寶玉自去
黛玉房中來看視彼時黛玉自在床上歇
午丫環們皆出去自出去自便滿屋内静
悄〻的揭起綉線軟簾進入里間只見黛
玉睡在那里忙走上來推他道好妹〻才
吃了飯就睡覺將黛玉喚醒黛玉見是寶
玉因說道你且出去逛逛我前兒鬧了一

夜今兒還沒有歇過來渾身酸疼寶玉道
酸疼是小睡出來的病大我替你解悶兒
混過困去就好了黛玉只合着眼説道我
不困只畧歇歇兒你且别處去鬧會子再
來寶玉推他道我往那去呢見了别人就
怪膩的黛玉聽了就嗤的一聲笑道你既
要在這里那邊老老實實的坐着咱們説
話兒寶玉道我也歪着黛玉道你就歪着

寶玉道沒有枕頭咱們在一個枕頭上黛玉道放屁外頭不是枕頭拿一個來枕着寶玉出至外間看了一看回來笑道那個我不要也不知是那個髒老婆子的黛玉聽了睜開眼起身笑道真〻你就是我命中的天魔星請枕這一個說着將自已枕的推與寶玉又起身將自已的又拿了一個來自已枕了二人對面方倒下黛玉因

看了寶玉左邊腮上有鈕扣大小的一塊血漬便欠身湊近前來以手撫之細看又道这又是誰的指甲刮破了寶玉側身一面笑道不是刮的只怕是才剛替他們淘漉胭脂膏子擦上了一點兒說着便找手帕子要揩拭黛玉便用自已的帕子替他揩拭了想見情之脉脉意之綿綿口内說道你又幹这些事了幹也罷了一轉極細这才是顰卿不比别一味固執死勸

又定還要帶出晃子來便是舅〻看不見
別人看見了又當奇事新鮮話兒去學舌
討好兒吹到舅〻耳躲又大家不干净惹
氣寶玉總未聽見這些話只聞得一股幽
香却是從黛玉袖中發出聞之令人酥魂
酥骨寶玉一把將黛玉的袖拉住要瞧籠
着何物黛玉笑道冬寒十月誰帶什庅香
呢寶玉笑道既如此這香是打那里來的

黛玉道我連也不知道想必是櫃子里頭的香氣衣服上燻染未可知寶玉抬頭道未必这香的氣味奇怪不是那些香餅子香毬子香袋子的香黛玉冷笑道難道我也有什庅羅漢真人給我些奇香不成便是得了奇香也没有親哥〻兄弟弄了花兒朶兒霜兒雪兒替我炮製我有的是那些俗香罷了寶玉笑道凡我説一句你就拉

上这庅些不給你個利害也不知道從今兒可不饒你了說着翻身起來将兩隻手呵了兩口便向黛玉膈肢窩里兩脇下亂挠黛玉素性觸癢不禁兩手伸來飛挠便笑的喘不過氣來口里說寶玉你再鬧我就惱了寶玉方住了手笑問道你還說这些不說了黛玉笑道再不敢了一面理鬢笑道我有奇香你有煖香没有寶玉見問

一時鮮不來因問什庅㛹香黛玉點頭笑嘆道蠢才蠢才你有玉人家就有金來配你人家有冷香你就沒有㛹香去配寶玉方聽出來笑道方才求饒如今更說狠了說着又去伸手黛玉忙笑道好哥〻我可不敢了寶玉笑道饒便饒你只要把袖子我聞〻說着拉了袖子籠在面上聞個不住黛玉奪了手道这可該去了寶玉笑道

去不能咱們斯〻文〻的淌着説話兒説
着復又倒下黛玉也倒下用手帕子蓋上
臉寶玉有一搭沒一搭説些鬼話黛玉只
不理寶玉問他几歲上京路上見何景緻
古蹟楊州有何遺跡故事土俗民風黛玉
只不荅應寶玉只怕他睡出病來便哄他
道噯喲你們楊州衙門里有件大故事你
可知道黛玉道見他説的鄭重且又正言厲

色只當是真事因問什庅事寶玉見問便忍着笑順口謅道楊州有一座黛山山上有一個林子洞黛玉笑道真是扯謊自來也沒聽見这山寶玉道天下山水多着呢你那里知道这些不成等我說完了你再批評黛玉道你且說寶玉又謅道林子洞里原來有一羣耗子精那一年臘月初七日老耗子升坐議事因說明日乃臘八世

上人都熬臘八粥如今我們洞中菓品短少須得乘此打㔁些來方妙乃拔令箭一支遣一能幹的小耗前去打聽一時小耗回報各處察訪打聽已畢惟有山下廟里菓米最多老耗問米有几種菓有几品小耗道米豆成倉不可勝記菓品有五種一紅枣二栗子三落花生四菱角五香玉老耗聽了大喜即時點耗前去乃拔令箭問

誰去偷米一耗便接令去偷米又拔令箭問誰去偷豆又一耗接令去偷豆然後一一的都各領令去了只剩下香玉一種因又拔令箭誰去偷香玉只見極小極弱的一個小耗應道我愿去偷香玉老耗並衆耗看他這樣恐不諳練且怯懦無力都不准他去小耗道我雖年小身弱却是法力無邊口齒伶俐機謀深遠此去管比他們

偷的還巧呢衆耗忙問如何比他們還巧呢小耗道我不學他們直偷我只摇身一變也變一個香玉滚在香玉堆里使人看不出聽不見却暗々的用分身法搬運游游的就搬運盡了豈不比直偷硬取還巧些衆耗子聽了都道妙却妙只是不知怎庅個變法你先變了我們瞧々小耗子聽了笑道這個不難等我變來説畢摇身就

變竟變了一個最縹緻的美貌一位小姐衆耗忙說變錯了原說變菓子的如何變出小姐來小耗現形笑道我說你們沒見識面只認得這菓子是香玉却不知鹽課林老爺的小姐才是真正香玉呢

黛玉聽了翻身爬起來按着寶玉笑道我把你爛了嘴的就知道你是謅我呢說着便擰的寶玉連連央告說好妹々饒我罷

再不敢了我因為問你那香忽然想起这個古典來黛玉笑道饒罵了人還説是古典呢一語未了只見寶釵走來（妙）笑問誰説故典呢我也聽〻黛玉忙讓坐笑道你瞧〻還有誰他饒罵了人還説是古典寶釵笑道原來是寶兄弟怨不得他肚子里古典原多（妙況）只是可惜一件（妙轉）凡該用古典之時他偏就忘了（更妙）有今日記得的前

児夜里的芭蕉詩就該記得眼面前的到想不起來别人冷的那樣你急的只出汗（與前拭汗二字針對）这會子偏又有記性了黛玉聽了笑道阿彌陀佛到底是我的好姊々你一般也遇見對頭了可知一還一報不爽不錯的將説着这里只聽寶玉房中一片嚷吵鬧起來正是

石頭記第二十回

王熙鳳正言弾妒意
林黛玉悄語謔嬌音

話説寶玉在林黛玉房中説耗子精寶釵撞來諷寶玉元宵不知緑蠟之典三人正在房中互相訊刺取笑那寶玉正空黛玉飯後貪眠一時存了食或夜間走了困皆非保養身體之法幸而寶釵走來大家談

笑那黛玉方不欲睡自已才放了心忽聽他房中嚷起來大家側耳聽了一聽黛玉笑道這是你媽〻和襲人吵呢那襲人也罷了你媽〻認真排場他可見老背悔了襲人能使顰卿一讚愈見彼之為人矣寶玉忙要趕過來寶釵忙一把拉住道你別合你媽〻吵才是他老糊塗了倒要讓他一步才是寶玉道我知道了說畢走來只見李嬷〻拄着拐

棍在當地罵襲人忘了本的小娼婦我抬舉起你來這會子我來了大模大樣的淌在炕上見我來也不理一理一心只想粧狐媚子哄寶玉哄的寶玉不理我聽你們的話你不過是臭銀子買來的毛丫頭这屋里你就作耗如何使得呢好不好拉去配一個小子看你這妖精似的哄寶玉不哄襲人先只道李嬤嬤不過為他淌着生

氣少不得分辨說病了才出汗蒙着頭原没看見你老人家等說後來聽他說哄寶玉粧狐媚又說配小子等由不得又愧又委曲禁不住哭〔起〕來寶玉只聽了這些話也不好怎樣少不得替襲人分辨病了吃藥等話又說你不信只問別的丫頭們李嬷聽了這話越發氣起來了說道你只護着那起狐狸那里認得我了叫我問誰去誰

不幫着你呢誰不是襲人拿下馬來的我
都知道那些事我只合你在老太〻太〻
跟前去講〻把你奶了這広大到如今吃
不着奶了把我丢在一傍逞着丫頭們要
我的强一靣也哭起來彼時黛玉寶釵等
也走過來勸說媽〻你老人家担待他們
一點子就完了李嬤〻見他二人來了便
拉住訴委曲將當日吃茶茜雪出去與昨

日酥酪等事勞々叨々說了不清可巧鳳
姐正在上房筭完輸贏賬聽的後面聲嚷
動便知是李嬷々老病發了排揎寶玉的
人正值他今兒輸了錢遷怒于人便連忙
赶過來拉了李嬷々笑道好媽々別生氣
大節下老太々才喜歡了一日你是個老
人家別人高聲你還要管他們呢難到你
反不知道規矩在這里嚷起來叫老太々

生氣不成你只說誰不好我替你打他我家里烧的滚熱的埜雞快來跟我吃酒去一面說一面拉着走又吽豐兒替你李奶奶拿着拐棍子擦眼泪的手帕子那李奶奶脚不占地的跟了鳳姐走一面還說我也不要這老命了越性今兒没了規矩鬧一場子討個没臉强如受那娼婦的氣後面寶釵黛玉随着見鳳姐兒這般都拍手

笑道亏這一陣風來把個老婆子撮了去了寶玉點頭嘆道這又不知是那里的賬只揀軟的排揎昨兒又不知是那個姑娘得罪了上到他賬上一句未了晴雯在傍笑道誰又不瘋了得罪他作什庅便得罪了他就有本事承任不犯着帶累別人襲人一面哭一面拉寶玉道為我得罪了一個老奶〻你這會子又為我得罪這些〻人

這還不彀我受的還只是拉別人寶玉見
他這般病勢又添了這些煩悶連忙忍氣
吞聲安慰他仍舊睡下出汗又見他湯燒
火熱自已守着他歪在傍邊勸他只養病
別想那些沒要緊的事生氣襲人冷笑道
要為這些事生氣這屋里一刻還跕不得
了但只是天長日久只管這樣可叫人怎
麽樣才好呢時常我勸你別為着我們得

罪人你只催一時為我們那樣他們都記
在心里遇着坎兒說的好聽不好聽大家
什庅意思一面禁不住流泪又怕寶玉煩
惱只得又勉强忍着一時雜使的老婆子
煎了二和藥來寶玉見他才有汗意不肯
呌他起來自已便端着就枕與他吃了即
命小丫頭子們鋪炕襲人道你吃飯不吃
飯到底老太〻太〻跟前坐一會子和姑

娘們頑一會子再回來我就静々的淌一淌也好寶玉聽說只得替他去了簪環看他淌下自往上房來同賈母吃畢飯賈母猶欲同那几個老管家嬷々鬭牌解悶寶玉記着襲人便回至房中見襲人朦々睡去自已要睡天氣尚早彼時晴雯綺霞秋紋碧痕都尋熱鬧找鴛鴦琥珀等耍戲去了獨見麝月一個人在外間屋里燈下抹

骨牌寶玉笑問道你怎庅不同他們頑去
麝月道没有錢寶玉道床底下堆着那庅
些〻還不彀你輸的麝月道都頑去了這屋
里交給誰呢那一個又病了滿屋里桌上
是燈地下是火那些老媽〻子們老天拔
地服侍一天也該叫他歇〻了小丫頭子
們也是服侍一天這會子還不叫他們去
頑〻庅所以讓他們都去罷我在這里看

着寶玉聽了這個話公然又是一個襲人因笑道我在這里坐着你放心去罷麝月道你既在这呢越發不用去了偺們兩個説話頑笑豈不好庅寶玉笑道兩個作什庅呢怪没意思的也罷了早上你説頭癢這會子没什庅事我替你篦頭罷麝月聽見便説道就是這樣説着將文具鏡匣搬來卸却釵釧打開頭髮寶玉拿了篦子替

他一一的梳篦只篦了三五下只見晴雯忙忙走進來取錢一見了他兩個便冷笑道哦交盃盞還没吃到上頭了寶玉笑道你來也給你篦一篦晴雯道我没那庅大福説着拿了錢便摔簾子出去了寶玉在麝月身後麝月對鏡二人在鏡内相視寶玉便向鏡内笑道滿屋里就只是他磨牙麝月聽説忙也向鏡中擺手寶玉會意忽

聽唿得一聲簾子响晴雯又跑進來問道
我怎庅磨牙了偺們到得説〻麝月笑道
你去你的罷又來問人了晴雯笑道你又
護着你們那瞞神弄鬼的我都知道等我
撈回本兒來再説話説着一經出去了這
里寳玉通了頭命麝月悄〻的伏侍他睡
下不肯驚動襲人一宿無話至次日清晨
起來襲人已是夜間發了汗覺得輕省了

些只吃米湯靜養寶玉放了心因飯後走到薛姨媽这邊來閑逛彼時正月內學房中放年學閨房中忌針黹都是閑時因賈環也過來頑正遇見寶釵香菱鶯兒三個赶圍棋作耍賈環見了也要頑寶釵素習看他亦如寶玉並無他意今兒聽他要頑讓他上來坐了一處頑一磊十個錢頭一回自已贏了心中十分喜歡誰知後來接

連輸了几盤便有些急着赶這盤正該自己擲骰子若擲七點便羸若擲個六點下該鶯兒擲三點就羸了因拿起骰子來恨命一擲一個坐定了五那一個亂轉鶯兒拍着手只叫么賈環便瞪着眼六七八混叫那骰子偏生轉出么來賈環急了伸手便抓起骰子來然後就拿錢說是個六點鶯兒便說分明是個么寶釵見賈環急了

便瞅鶯兒說道越大越没規矩難道爺還賴你還不放下錢來呢鶯兒滿心委曲見寶釵說不敢則聲只得放下錢來口内嘟囔說一個作爺的還賴我們這几個錢連我們也不放錢在眼里前兒合寶玉頑他輸了那些也没着急下剩的錢還是几個小丫頭子們一搶他一笑就罷了寶釵不等說完連忙斷喝賈環道我拿什庅比寶

玉呢你們怕他都合他好都欺負我不是
太〻養的説着便笑了寳釵忙勸道好兄
弟快别説這話人家笑話你又罵鶯兒正
值寳玉走來見了这般形况問是怎庅了
賈環不敢則聲寳釵素知他家規矩凡作
兄弟的都怕哥〻却不知那寳玉是不要
人怕他的他想着弟兄們一併都有父母
教訓何必我多事反生踈了况且我是正

出他是庶出饒这樣還有人背後談論還
禁得轄治他們更有個獃意思存在心里
你道是何獃意呢因他自幼姊妹叢中長
大親姊妹有元春探春叔伯的有迎春惜
春親戚之中又有史湘雲林黛玉寶釵等
諸人他便料定原來天生人為萬物之靈
凡山川日月之精秀只鍾于女兒鬚眉男
子不過是些渣滓濁沫而已因有這個獃

念在心把一切男子都看成混沌濁物可
有可無是只父親伯叔兄弟中因孔子是
亘古第一人說下的不可不聽又不可忤
慢只得要聽他這句話所以凡弟之間不
過盡其大概的情理就罷了並不想自已
是丈夫須要為子弟之表率是以賈環等
都不怕他却怕賈母才讓他三分如今寶
釵生怕寶玉教訓他到沒意思便連忙替賈

環掩飾寶玉道大正月裡哭什広這里不好你别處頑去你天〻念書到念糊塗了比如這件東西不好横豎那一件好就棄這件取那個難道你守着個東西哭一會子就好了不成你原是來取樂頑的既不能取樂就往别處去再尋樂頑去哭一會子難到筭取樂頑了不成到招自已煩惱不如快去為是賈環聽了只得回來趙姨

娘見他這般因問又是那里墊了踹窩來了一問不荅再問時賈環便説同寶姐頑去鶯兒欺負我賴我的錢寶玉哥哥攆我來了趙姨娘啐道誰叫你上高枱攀去了下流没臉的東西那里頑不得誰叫你跑了去討没意思正説着可巧鳳姐在窗外過都聽在耳内便隔窗説道大正月又怎庅了環兄弟小孩子家一半點兒錯了你

只教道與他說这些谈話作什庅憑他怎庅去還有太〻老爺管他呢就大口啐他他現是主子不好了横豎有教道他的人與你什庅相干環兄弟出來跟我頑去賈環素日怕鳳姐比怕王夫人更甚聽見叫他忙唯〻的出來趙姨娘也不敢則聲鳳姐向賈環道你也是個没氣性的時常說給你要吃要喝要頑要笑只愛同那一個

姊〻妹〻哥〻嫂子頑同那個頑你不聽我的話反叫這些〻人教的歪心斜意狐媚子霸道的自已不尊重要往下流里走安着壞心還只管怨人家偏心輸了几個錢就這庅個樣兒賈環見問只得諾〻的回說輸了三百鳳姐道虧你還是爺輸了一二百錢就这樣叫豊兒去取一吊錢來姑娘們都在後頭頑呢把他送了頑去你明

日再这庅下流狐媚子我先打了你再打
發人告訴學里皮不揭了你的為你這個
不尊重恨的你哥〻牙癢不是我攔着窩
心脚把你的腸子窩出來了喝命去罷賈
環諾〻的跟了豐兒得了錢自去和迎春
等頑去不在話下且說寶玉正合寶釵頑
笑忽見人說史大姑娘來了寶玉聽見抬
身就走寶釵笑道等着偺們兩個一齊走

瞧々他走說着下了炕同寶玉一齊來至賈母這邊只見史湘雲大笑大說的見他兩個來忙問好廝見正值林黛玉在傍因問寶玉在那里的寶玉便說在寶姐姐家里的黛玉冷笑道我說呢虧在那里絆住不然早就飛來了寶玉笑道只許同你頑你解悶兒不過偶然去他那里一淌就說這話黛玉道好沒意思的話去不去管我什麼

事我又没叫你替我解悶兒可許你從此
不里我呢說着便賭氣回房去了寶玉忙
跟了來問道好々的又生氣了就是我說
錯了你到底也還坐在那裏合別人說笑
一會子又來自己納悶黛玉道你管我呢
寶玉笑道我自然不敢管你只没有看着
你自己作賤了身子的理黛玉道我作賤
了身子我死與你何干寶玉道何苦來呢

大正月里死了活了的黛玉道偏說死我這會子就死你怕死你長命百歲的如何寶玉笑道要象只管這樣鬧我還怕死呢到不如死了干凈黛玉忙道正是了要是怎樣鬧不如死了干凈寶玉道我說我自已死了干凈别聽錯了話賴人正說寶釵走來道史妹々等你呢說着便推寶玉走了這里黛玉越發氣悶只向窓前流泪沒

兩盞茶工夫寶玉仍來了黛玉見了越發抽〻噎〻的哭個不住寶玉見了這樣知難挽回打疊起千百樣的軟語温言來勸慰不料自已未張口只見黛玉先說道你又來做什広横豎如今有人合你頑比我又會念又會作又會寫又會說笑又怕你生氣拉了你去你又作什広來死活憑我去罷了寶玉聽了忙上來悄〻的說道你

這広個明白人難道親不閙踈先不替後也不知道我雖糊塗却明白這兩句話頭一件偺們是姑舅姊妹寶姐姐是兩姨姊妹論親戚他比你踈第二件你先來一棹吃一床睡長的這広大了他是才來的豈有一個為他踈你的呢黛玉啐道我難道為叫你踈他我成了個什広人了呢我是為我的心寶玉道我也是為的我的心你

的心你就知道你的心不知我的心不成黛玉聽了低頭一語不發半日說道你只怨人行動嗔怪了你〻再不知道你自已慪人難受就拿今日天氣比分明今兒冷的这樣你怎庅到反到把個青肷披風脫了呢寶玉笑道何嘗不穿着見你一惱我一炮燥就脫了黛玉嘆道回來傷了風寒又該餓着吵吃的了二人正說着只見湘

雲走來笑道二哥〻林姐〻你們天〻一
處頑我好容易來了也不理我一理兒黛
玉笑道偏是咬舌子愛說話連個二哥〻
也吽不上來只是愛哥〻愛哥〻的回來
赶圍棋兒又該你鬧么愛三四五了寶玉
笑道你學會了他明日連你還咬起來呢
湘云道他再放不過人一點去耑挑人的
不好你自已便比世人好也犯不着見一

個打趣一個我指出一個人來你敢挑他我就服你黛玉忙問是誰湘云道你敢挑寶姐〻的短處就算你是好的我算不如你他怎庅不及你呢黛玉聽了冷笑道我當是誰原來是他我那里敢挑他呢寶玉不等說完忙用話分開湘云笑道这一輩子我自然比不上你我只保佑着明兒得一個咬舌的林姐夫時〻刻〻你可聽愛

厄去阿彌陀佛那才現在我眼里説着衆
人一笑湘雲忙回身跑了要知端詳再聽
下回分解

石頭記第二十一回

賢襲人嬌嗔箴宝玉

俏平兒軟語救賈璉

話說史湘雲跑了出來怕代玉赶上宝玉在後忙說仔細絆跌了那里就赶上了代玉赶到門前被宝玉叉手在門框上攔住咲劝道饒他這一遭罷代玉搬着手說道我要饒過雲兒再不活着湘雲見宝玉攔

住門料代玉不能出來便立住脚咲道好
姐々饒我這一遭罷恰道好宝釵來在湘
雲身後也咲道我劝你兩個看宝玉兄弟
分上都丢開手罷代玉道我不依你們是
一氣的都戲弄我不成宝玉咲道誰敢戲
弄你你不打趣他他焉敢說你四人正難
分解有人來請吃飯方往前邊來那天早
又掌灯時分王夫人李紈鳳姐迎探惜等

都往賈母這邊來大家閒話了一回各自
歸寢湘雲仍往代玉房中安歇宝玉送他
他二人到房那天已二更多時襲人來催
了幾次方回自巳房中來睡次早天方明
時便披衣靸鞋徃代玉房中來進去看時
却不見紫鵑翠縷二人只見他姊妹兩個
尚淌在衾內那代玉嚴〻蜜蜜裹着一幅杏
子紅綾被安穩合目而睡那史湘雲却一

把青絲拖于枕畔被只半胸一湾雪白的
膀子掠于被外又帶着兩個金鐲子宝玉
見了嘆道睡覺還是不老寔回來風吹了
又嚷肩窩疼了一面說一面輕輕的替他
蓋上代玉早已醒了覺得有人就猜着定
是宝玉因翻身一看果中其料因說道這
庅早就跑過來作什庅宝玉𠯈道這天還
早庅你起來瞧瞧代玉道先出去讓我們

起來宝玉听了轉身出至外間代玉起來
吽醒湘雲二人都穿了衣服宝玉復又進
來坐在鏡台傍邉只見紫鵑雪雁進來伏
侍梳洗湘雲洗了臉翠樓便拿殘水要潑
宝玉道跕着我趁勢洗了就完了省得又
過去費事説着便走過來湲湾腰洗了兩
把紫鵑付過香皂去宝玉道這盆里的就
不少不用搓了又洗了兩把便要手巾翠

樓道還是這個毛病兒多早晚才改呢宝玉也不理忙忙的要青鹽擦了牙漱了口完畢見湘雲已梳完了頭便走過來咲道好妹妹替我梳上頭罷湘雲道這不可不能了宝玉咲道好妹〻你先時怎広替我梳來呢湘雲道如今我忘了怎広梳呢宝玉道横竪我不出門又不帶冠子勒子不過打幾個散辮子就完了說着又千妹妹

萬妹妹的央告湘雲只得扶他的頭過來
一一篦(通)在家不帶冠並不總角只從四圍
斷髮編成小辮往頂心髮上歸了總編
一根大辮子紅縧結住自髮頂至辮稍一
一路四顆珍珠下面有金墜脚湘雲一面
編着一面說道這珠子只三顆了這一顆
不是一色的了我記得都是一樣的來着
怎広少了一顆宝玉道丟了一顆湘雲道

必定是外頭去丟了被人揀了去到便
宜他代玉一傍洗手冷咲道也不知是真
丟了也不知是給了人廂什広帯去了宝
玉不荅因鏡台兩邊俱是粧奩等物順手
拿起來賞玩不覺順手拈了胭脂意欲要
往口里送因又怕湘雲說正猶疑間湘雲
果在後看見一手撓着辮子便伸過手過〔来〕
咱的一下從手中將胭脂打落說道這不

長進的毛病兒多早晚才改一語未了只見襲人進來看見這般光景是梳洗過了只得回來自己梳洗忽見宝釵走來因問宝兄弟那去了襲人含笑道宝兄弟那里還有在家的工夫宝釵听說心中明白又听襲人嘆道姊妹們和氣也有個分寸礼節也沒個黑家白日鬧的凴人怎庅劝都是耳傍風宝釵听了心中暗忖道到別看

錯了這個丫頭听他說話到有見識宝釵
便在炕上坐了慢〻的閒言中套問他年
紀家鄉等語留神窺察其言語志量甚可
敬愛一時宝玉來了宝釵方出去宝玉便
問襲人道怎庅宝姐姐合你說的這庅熱
鬧見我進來就跑了問一聲不荅再問時
襲人方道你問我庅我那里知道你們的
原故宝玉听了這話見他面上氣色非往

日可比便咲道怎庅動了真氣了襲人冷咲道我那里敢動氣只是從今已後别進這屋子了横竪有人伏侍你再不必來支使我我仍舊還伏侍老太〻去一面說一面就在炕上合眼倒下宝玉見了這般景况深為駭異禁不住赶來劝慰那襲人只管合了眼不管宝玉没了主意因見麝月進來便問道你姐〻怎庅了麝月道我知

道庅問你自已便明白了宝玉听說呆了
一回自覺無趣便起身咳道不理我罷我
也瞧去說着便起身下炕到自已床上歪
着去了襲人听他半日無動静微微的打
鼾料他睡着便起身拿一領斗篷來替他
剛壓上只听忽的一聲宝玉便掀過去也
仍合眼粧睡襲人明知其意便点頭冷咲
道你也不用生氣從此後我也只當啞子

再不說你一聲兒如何宝玉禁不住起身問道我又怎庅了你又劝我你劝也罷了才剛又没見你劝我一進來你就不理我賭氣睡了我還摸不着是為什庅這會子你又說我恼了我何常听見你劝我是什庅來着襲人道你心里還不明白還等我說庅正鬧着賈母差人來喚他吃飯方往前邉來胡乱吃了半碗仍回自己房中只

見襲人睡在外頭炕上麝月在傍抹骨牌宝玉素知麝月與襲人親厚遂連麝月也不理揭開軟簾子往里間來麝月只得跟進來宝玉便推他出去説不敢驚動你們麝月只得咲着出來喚兩個小丫頭進去宝玉拿着本書歪着看了半天因要茶抬頭只見兩個小丫頭地下站着一個大些的生的十分水秀宝玉便問你叫什麼名

子那丫頭便説叫蕙香宝玉便問是誰起的叫蕙香呢又問你們姊妹幾個蕙香道四個宝玉道你第幾蕙香道第四宝玉道明兒就叫四兒不必什庅蕙香蘭香的那一個配比這些花没的玷辱了好名好姓一面説一面命他到了茶來吃襲人合麝月在外間听了抿嘴而咲這一日宝玉也不出房也不合姊妹丫頭等廝鬧自已悶〻

的只不過拿書解悶或弄筆墨也不使喚衆人只吽四兒答應誰知這個四兒是個聰明乖巧不過的了頭見宝玉用他他变盡方法籠絡宝玉晚飯後宝玉因吃了两杯酒眼餳耳熱之際若往日則有襲人等大家嘻笑有興今日却冷清清的一人對灯好没興趣待要赶了他們去又怕他們去得了意已後越發要劝了若拿出作上

的規矩來鎮唬似乎無情太甚說不得横心只當他們死了横豎自然也要過的便權當他們死了毫無牽掛反能恬然自悦因命四兒剪燭煎茶自已看了一回南華經正看至外篇胠箧一則其文曰故絶聖棄知大盗乃止擿玉毁珠小盗不起焚符破璽而民朴鄙剖斗折衡而民不争殫殘天下之聖法而民始可與論議擢亂六律

鑠絕竿琴塞古瞽曠之耳而天下始人含
其聰矣滅文章散五彩膠離朱之目而天
下始人含其明矣毁絕鉤繩而棄規矩攦
工倕之指而天下使人其其巧矣看至此
意氣趣洋：趣着酒興便提筆續曰焚花
散麝而閨閣始含其劝矣戕宝釵之仙姿
灰代玉之灵竅喪滅情意而閨閣之美惡
始相類矣含其劝則無參商之虞矣戕其

仙姿無恋爱之心矣灰其灵竅無才思之
情矣彼釵玉花麝者皆張其羅而穴其隧
所以迷眩纏陷天下者也續畢擲筆就寝（寢）
頭剛着枕上便安然睡去一夜竟不知所
之直至天明方醒畨身看時只見襲人合
衣睡在床上宝玉将昨日的事已付于意
外便推他說道起來好好的睡看凍着了
原來襲人見他無曉夜合姊妹廝鬧若直

劝他料不能改故用柔情以警之料他不过半日片刻仍复好了不想宝玉一日夜竟不回转自己反不得主意直一夜没好生睡得今忽见宝玉如此料他心意回转便索性不採他宝玉见他不应便伸手给他解衣服刚解开钮子被袭人将手推开又自扣了宝玉无法只得拉他的手咲道你到底怎么了连问几声袭人睁眼说道

我也不怎庅着你睡醒了你自過那邊屋里去梳洗再遲了就趕不上了宝玉道我過那里去襲人冷咲道你問我我知道你愛往那里去就往那里去從今偺們两個丢開手省得雞聲鵝鬭的呌别人咲横竪那邊膩了過來這邊又有個什庅四兒五兒伏侍你我們這起東西可是玷辱了好名好姓的宝玉咲道你今日還記着呢襲人

道一百年還記着呢比不得你拿着戲的
話當耳傍風夜里説了早辰就忘了宝玉
見他嬌嗔滿面情不可禁便向枕邊拿起
一根玉簪來一跌兩節説道我再不听你
説就同這個一樣襲人忙的拾了簪子説
道大清早起這是何苦來听不听什庅
要緊也值得這種樣子宝玉道你那里知
道我心里急呢襲人咲道你也知道着急

庅可知我心里怎庅樣快起來洗臉去罷
説着二人方起來梳洗宝玉往上房去後
誰知代玉走來見宝玉不在房中因番弄
案上書看可巧便番出昨日的莊子來看
至後續之處不覺又氣又咲不禁也提筆
續書一絶云

無端弄筆是何人　作踐南華莊子因
不悔自己無見識　却將醜語怪他人

寫畢也往上房見賈母後往王夫人處來誰知鳳姐之女大姐兒病了正乱着請大夫來脉過大夫便説替夫人奶奶們道喜姐兒發熱是見喜了並非别症王夫人鳳姐听了忙遣人問可好不好醫生回道症雖險却順到不妨預備桑虫猪尾要緊鳳姐听了登時忙将起來一面打掃房屋供奉痘疹娘〻一面傳與家人忌煎炒等

物一面命平兒打点鋪蓋衣服與賈璉隔房一面又拿大紅尺頭與奶子丫頭親近人等裁衣外面又打掃净室款留兩個醫生輪流斟酌胗脉下藥十二日不放回家賈璉只得搬出外書房來齋戒鳳姐與平兒都隨着王夫人日日供奉娘〻那個賈璉離了鳳姐便要尋事獨寢寝了兩夜便十分難熬便暫以小廝們内有清秀的選來

出火不想榮國府內有一個極不成氣破
爛厨子名喚多官人見他軟弱無能却喚
他作多渾虫因他父母自小在外給他娶
了一個媳婦今年方二十來往歲年紀生得
有幾分人才見者無不羨慕他生性輕浮
最喜拈花惹草多渾虫又不理論只是有
酒有肉有錢諸事不管了所以寧榮二府
之人都得入手因這個媳婦美貌異常輕

淫無比衆人都呼他作多姑娘兒如今賈
璉在外熬煎往日也曾見過這媳婦失過
魂魄只是內懼姣妻外懼嬖寵不曾下得
手那多姑娘也曾有意與賈璉只恨沒空
今聞挪在外書房來他便無事也走三兩
淌去招惹招惹的那賈璉似飢鼠一般少
不得合心腹的小廝們計議合同遮掩謀
求多以金帛相許小廝們焉有不允之理

況都合這媳婦是好友一説便成是夜二鼓人静多渾虫昏醉在炕賈璉便溜了來相會一見其態早已魂飛魄散也不用情談頰〔欵〕叙便寬衣動作起來誰知道這婦人有天生的奇趣一經男子挨身便覺遍身筋骨癱軟使男子如卧綿上更兼淫態浪言壓倒娼妓諸男子至此豈有惜命者哉那賈璉恨不能連身子化在他身上那婦

人故作浪語在下説你家女兒出花兒供着娘〻你也該忌两日到為我臟了身子快離了我這里罷賈璉一面大動一面喘喘吁吁荅道你就是娘娘我那里還管什庅娘〻那婦人越浪賈璉越醜態畢露一時事畢两個又海誓山盟難分難捨自此後遂成相契一日大姐毒盡瘢回十二日後送了娘娘合家祭天祀祖還愿焚香慶

賀放賞已畢賈璉離仍復搬進卧室見了鳳姐正是俗語云新婚不如遠離更有無限的恩愛自不必說次早日早起鳳姐往上屋去後平兒收什賈璉在外的衣服鋪蓋不承望枕套中抖出一綹青絲來平兒會意忙拽在袖內便走至這邊房里來拿出頭髮來向賈璉咲道這是什庅賈璉看了着了忙赶上來要奪平兒便跑被賈璉

一把揪住按在炕上掰手要奪口内哭道

小蹄子你不稱趁早拿出來我把你膀子

撅折了平兒哭道你就是個没良心的我

好意瞞着他來問你你到賭狠等他回來

我告訴他看你怎庅着賈璉听説忙陪哭

央求道好親人兒賞我罷我再不賭狠了

一語未了只听鳳姐聲音進來賈璉听見

鬆了手平兒只剛起身鳳姐已走進來命

平兒快子些給太太找樣子平兒忙荅應了找時鳳姐兒了賈璉忽然想起來便問平兒前日拿出去的東西都収進來了麼平兒道收進來了鳳姐道可少了什麼没有平兒道我也怕丟下一二件細細的查了查一点兒也不少鳳姐道不少就好只是別多出來罷平兒笑道不丟就是萬幸誰還多添出些來麼鳳姐冷笑道這半個月

難保干凈或者有相厚的丢失下的東西戒指漢巾香袋兒再至于頭髮指甲都是東西一夕話說的賈璉臉都黄了賈璉在鳳姐身後只望着平兒殺鷄抹脖使眼色兒平兒只粧看不見因咲道怎麼我的心就合奶奶的心一樣我就怕有這個留神搜了一搜竟一点破綻也没有奶奶不信時那些東西我還没收呢奶奶親自再番

尋一遍去鳳姐咲道傻丫頭他便有這些
東西那里就叫偺們畨着了說着拿了樣
子去了這里賈璉說道你不用怕他等我
性子上來把這醋礶打個稀爛他方才認
得我呢他防我防賊的是的只許他同男人說
話不許我合女人說話我合女人略近些
他就疑惑不論小叔子侄兒大的小的說
〻咲咲就不怕我吃醋了已後我也不許

他見人平兒道他醋你使得你醋他使不得他原行的正走的正你行動便有個壞心連我也不放心別說是他賈璉道你兩個一口賊氣都是你們行的是我凡行動都存壞心多早晚都死在我手里一語未了鳳姐走進院來因見平兒在窓外就問道要說話兩個人不在屋里說怎広跑出一個來了隔着窓戶是什広意思賈璉在

窗内接道你可問他到象屋里有老虎吃他呢平兒道屋裡一個人没有我在他跟前作什広鳳姐咲道正是没人才好呢平兒听説道這説話是説我呢広鳳姐咲道不説你説誰平兒道别吽我説出好話來了説着也不打簾子也不讓鳳姐自巳先摔簾子進來往那邉去了鳳姐自掀簾子進來説来平兒瘋魔了這蹄子認真要降伏

我仔細你的皮要緊賈璉听了已絕倒在
炕上拍手笑道我竟不知平兒這広利害
從此到服他了鳳姐道都是你慣的他我
只合你說話賈璉听說忙道你两個不夘和
又拿我来作人我躲開你們鳳姐道我看
你躲到那里去賈璉道我就来鳳姐道我
有話合你商量不知商量何事且听下回冊
分解正是

淑女自來多抱怨　妓妻從古便含酸

石頭記第二十二回

聽曲文宝玉悟禅機
製燈謎賈政悲讖語

話説賈璉听鳳姐有話商量因止步問是何話鳳姐説二十一日是薛妹妹的生日你到底怎庅樣賈璉道我知道怎庅樣你連多少大生日都料理過了這會子到没了主意鳳姐道大生日料理不過是有一定的則例在那里如今他這生日大又不是

小又不是所以合你商量賈璉听了低頭想了半日道你今兒糊塗了現有比例在那里那林妹妹就是比樣往年怎庅給林妹〻過的如今也照依給薛妹妹作就是了鳳姐听了冷笑道我難道連這個也不知道我原也這庅想定了但昨兒听見老太太說問起大家的年紀生日來听見薛大妹〻今年十五歲雖不是整生日笑

笑得將笄之年老太太說要替他作生日想來若果真替他作自然比往年與林妹々的不同了賈璉道既如此就比林妹々的多增些鳳姐道我也這麼想着所以討你的口氣我若私自添了東西你又怪我不告訴明白了你賈璉笑道罷々這個空頭情我不領你不盤察我就彀了我還怪你說着一竟去了不在話下且說史湘雲

住了兩日因要回去賈母說等過了你宝
姐〻的生日看了戲再回去湘雲听了只
得住下又一面遣人回去將自己舊日作
的兩色針線活計取來為宝釵生辰之儀
誰想賈母自見了宝釵來了喜他穩重和
平正值他才過第一個生日便自己蠲資
二十兩喚了鳳姐來交給他置治酒戲鳳姐
湊趣笑道一個老祖宗給孩子們作生日

不拘怎樣誰還敢爭又辦什庅酒戲既高
興要熱鬧就説不得自己化上幾兩巴巴
的找出這霉爛的二十兩銀子來作東西
這意思還叫我陪上果然拿不出來的也
罷了金的銀的圓的扁的壓塌了箱子底
只是勒掯我們舉眼看〻誰不是兒女難
道將來只有宝兄弟頂了你老人家上五
台山不成那些梯己只留與他我們如今

誰不配使也別苦了我們這個彀酒的彀
戲的說的滿屋里都笑起來賈母亦笑道
你們听听這嘴我也算會說的怎麽說不
過這猴兒你婆婆也不敢強嘴你合我唧唧
唧的鳳姐笑道我婆婆也是一樣疼寶玉
我也沒處去訴寃到說我強嘴說着又引
賈母笑了一會賈母十分喜悅到晚間衆
人都在賈母前定昏之餘大家娘兒姊妹

等說笑時賈母因問宝釵愛听何戲愛吃何物等語宝釵深知賈母年老人喜熱鬧戲文甜爛之食便總依賈母向日素喜者說了出來賈母更加欢悦次日便先送過衣服玩物礼去王夫人鳳姐代玉等諸人皆有隨分不一不須多記至二十一日就賈母院中搭了家常小巧戲台定了一班新出小戲昆弋兩腔皆有就在賈母上房排

了幾席家晏酒席並無一個外客只有薛姨媽湘雲宝釵是客餘者皆是自己人這日早起宝玉因不見代玉便到他房中來尋只見代玉歪在炕上宝玉笑道起來吃飯去就開戲了你愛看那一齣我好点代玉冷咲道你既這樣說你就特吽一班戲揀我愛的唱給我看這會子犯不上䠨着人借着光兒問我宝玉笑道這有什庅難

的呢明兒就這樣行也叫他們借偺們的
光兒一面説一面拉起他來携手出去吃
了飯点戲時賈母一定先叫宝釵点宝釵
推讓一遍無法只得点了一摺西遊記賈
母自是喜欢然後便命鳳姐点鳳姐亦知
賈母喜熱鬧更喜謔笑科諢便点了一齣
劉二當衣賈母果真更加喜欢然後便
如喜欢然後便命代玉点代玉因讓薛姨媽

王夫人等賈母道今兒原是我特帶着你們取樂偺們只管偺們的別理他們我巴巴的唱戲擺酒為他們不成他們在這里白听白吃已經便宜了還讓他們点呢說着大家都笑了代玉方点了一齣後宝玉湘雲迎探惜李紈等俱各點了按齣扮戲至上酒席時賈母又命宝釵点宝釵点了一齣魯智深醉鬧五台山宝玉道只好点

這些戲宝釵道你白听了這幾年的戲那里知道這戲的好處排場又好詞藻更妙宝玉道我從來怕這些熱鬧宝釵咲道要說這一齣熱鬧你還筭不知戲呢你過來告訴你這一齣熱鬧戲是一套北点絳唇鏗鎗鏘頓錯挫韵律不用說是好的了只那詞藻中有一枝寄生草填的極妙你何曽知道呢宝玉見說的這般好便湊近來央

告好姐〻念與我听〻宝釵便念道慢揾英雄泪想離處士家謝慈悲剃度在蓮台下没缘法轉眼分離下赤條〻來去無牵掛那里討烟簑雨笠捲单行一任俺芒鞋破鉢随缘化宝玉听了喜的扣膝而圈稱賞不絶又讚宝釵無書不知代玉道安静看戲罷還未唱山門你到粧瘋了説的湘雲也咲了于是大家看戲至晚散時賈母深爱

那作小旦的與一個作小丑的因命人帶
進來細看時越發可憐見兒的因問他年
紀那小旦才十一歲小丑才九歲大家嘆
息一回賈母令人拿些肉菓給他兩個又
另外賞錢兩吊鳳姐咲道這個孩子扮上
上活像一個人你們再看不出來宝釵心
內也已知道便只一笑不肯說宝玉也猜
着了亦不敢說湘雲接着咲道到像林妹

妹的模樣兒宝玉听了忙把湘雲聦了一眼使個眼色衆人却都听見了這話留神細看都咲起來了果然不錯一時散了晚間湘雲更衣時便命翠楼把衣包打開収什都包了起來翠楼道忙什庅等去的那日再包不遲湘雲道明兒一早就走在這里作什庅看人家的臭子眼精睛什庅意思宝玉听了這話忙赶近前說道好妹〻你

錯怪了我林妹妹〻是個多心的人别人分明知
道不肯說出來也皆因怕他惱誰知你不
妨頭就說了出來他豈不惱你我是怕你
得罪了人所以才使眼色你這會子惱我
不但~~辜予~~辜負了我而且反到委曲了我若是
别人那怕他得罪了十個人與我何干呢
湘雲摔手道你那花言巧語别哄我我也
原不如你林妹妹〻别人說他拿他取咲都

好

使得只我說了就有不是我原不配說他他是小姐主子我是奴才丫頭得罪了他使不得宝玉急得說道我到是為你反為出不是來了我要有外心立刻化成灰教人踐踏湘雲道大正月里少信嘴胡說這些設沒要緊的悪誓散話歪話說給與那些小性兒行動爱惱人會轄治你的人說去别吽我啐你說着一逕至賈母裡間忿

好

忿的滿淌着去宝玉没趣只得又來尋代玉剛到門檻前代玉便推出來將門関上宝玉又不解何意在窗外只是吞聲叫好妹妹代玉總不理他宝玉悶悶的垂頭自審襲人早知端的當此時斷不能劝那宝玉呆呆的跕着代玉只當他回房去了起來開門只見宝玉還跕在那里代玉反不好意思不好再関門只得抽身上床淌着

宝玉隨進來問道凡事都有個原故説出來人也不委曲好：的就惱了終久是為什庅起代玉冷咲道問的我倒好我也不知為什庅我原是給你們取笑兒的拿着我比戲子給象人取咲宝玉道我並没有比你我並没有笑為什庅惱我呢代玉道你還要比你還要笑你不比不咲比別人比了咲了的還還利害呢宝玉听説無可

好

好

分辯不則一聲代玉又道這一節還可恕再你為什庅又合雲兒使眼色這個你是什庅心呢莫不是他合我頑他就自輕自賤了他原是公侯的小姐我原是貧民的丫頭他合我頑設如我回了口豈不是自惹人輕賤了呢是這個主意不是這却是你的好心只是那一個偏又不領你的好情一般也惱了你又拿我作情倒說我小

性兒行動肯惱你又怕他得罪了我惱他
我惱他與你何干他得罪了我又與你何
干宝玉見説方知才與湘雲私談的話俱
被他听見了細想自已原為他二人怕生
隙惱方在中調和不想並未調和成反自
已落了两處的貶謗正與前日所看南華
經上有巧者劳而智者憂無能者無所求
飽食而遨遊汎若不繫之舟又曰山木自

寇源水自盜等語因此越想越無趣再細
想來目下不過這兩個人尚未應酬妥協
将來猶欲為何事想到其間也無分辯回
答自己轉身回房來代玉見他去了便知
他回思無趣賭氣去了一言也不曾發不
禁自己越發添了氣便說道這一去一倍
子也別要來也別說話宝玉不理回房淌
在床上只是瞪瞪的襲人深知原委不敢

就說只得以他事來解釋因咲道今日看了戲又勾出幾天戲來宝姑娘一定要還席的宝玉冷咲道他還管誰什庅相干襲人見這話不是往日口吻因又咲道這是怎庅說好﹅的大正月里娘兒們姊妹們都喜喜欢欢你又怎庅這個行景宝玉冷咲道他們娘兒們姊妹們喜欢不喜欢也與我無干襲人笑道他們既隨和豈不大

家彼此有趣宝玉道什広是大家彼此他他們有大家彼此我是赤條：來去無牽掛談及此句不覺泪下襲人見此景況不肯再説宝玉細想這一句趣味不禁大哭起來番身起來至案前遂提筆立占一偈云

你證我證　心證意證　是無不證

斯可云證　無可云證　是立足境

冩畢自雖解悟又恐人看此不解因此又填一枝寄生草也冩在偈後自已又念了一遍自覺了無掛碍心中自得便上床睡了誰想代玉見宝玉此番果斷而去故以尋襲人為由來觀動靜襲人唉囬道已經睡了代玉听說便要回去襲人唉道姑娘請跕住有一個字帖兒瞧瞧是什庅話說着便将方才那曲子與偈語悄悄拿來遞

與代玉看代玉看了知道宝玉因一時感忿而作不覺可咲可嘆便向襲人道作的是頑意兒無甚関係說畢便拿了回房去與湘雲同看次日又與宝釵看宝玉釵看其詞曰

無我原非你從他不解伊肆行無碍憑來去茫〻着甚悲愁喜紛紛說甚親疎密從前碌〻却因何到如今回頭試想

真無趣

看畢又看那偈語又咲道這個人悟了都是我的不是都是我昨日一枝曲子惹出來的這些道書禪机最能移性明兒認真說出這些瘋話來存了這個意思都是從我那一支曲子來我成了個罪魁了說着便撕了個粉碎遞與丫頭說快燒了罷代玉咲道不說撕等我問他你們跟我來包

會吽他收了這個痴心邪念説着三個人果然都往宝玉屋里來一進來代玉便咲道宝玉呀我問你至貴者是宝至堅者是玉你有何貴你有何堅宝玉竟不能荅三人咲道這樣鈍愚還參禪呢代玉又道你那偈語末云無可云證是立足境固然好了自我看來還未盡善我再續兩句在後因念云無立足境方是干浄宝釵道寔在這

腐

方悟徹當日南宗六祖惠能初尋師至韶州聞五祖弘忍在黃梅他便充役火頭僧五祖欲求法嗣令徒弟諸僧各出一偈上座神秀說道身是菩提樹心如月鏡台時時勤拂拭莫使有塵埃彼時惠能在廚房中房碓米听了這偈說道美則美了則未了因自念一偈云菩提本非樹明鏡亦非台本來無一物何處染塵埃五祖便將衣鉢

傳他今兒這偈語亦同此意了只是方才這句机鋒尚未完全了結這便丟開手不成代玉咲道彼時不能荅就算輸了這會荅上來也不為出奇只是已後再不談禪了連我們兩個所知的所能的你還不知不能呢還去叅禪呢宝玉自已為覺悟不想忽被代玉一問便不能荅宝釵又比出語録來此皆素不見他們能者自已想

了一想原來他們比我知覺的在先尚未解悟我如今何必自尋苦惱想畢便咲道誰又叅禪不過一時頑話罷了說着四個人仍復如舊忽然人報娘娘差人送出一個灯謎來命你們大家去猜〻着了每人也作一個進去四人听說忙來至賈母上房只見一個小太監拿了一盞四角平頭白紗灯來耑為灯謎而製上面已有一個

衆人都争看乱猜太監又下諭道衆小姐猜着了不要説出來每人各暗暗的寫在紙上一齊封進宫去娘娘自驗是否宝釵等听了近前一看是一首七言絶句並無甚新奇口中少不得稱讃只説難猜故意尋思其寔一見便猜着了宝玉代玉湘雲探春四個人也都解了各自暗暗的寫了一併將賈环賈蘭等傳來一齊各揣心机

都猜了寫在紙上然後各人拈一物作成一謎恭楷寫了掛在灯上太監去了至晚出來傳諭前娘娘所製俱已猜着惟小姐與三爺猜的不是小姐們作的也都猜了不知是否說着也將寫的拿出來也有猜着的也有猜不着的都胡乱說猜着了太監又將頒賜之物送與猜着之人每人一個宮製詩筒一柄茶筅音龕破竹如箒以淨具茶之積也

獨迎春賈环二人未得迎春自為頑咲小事並不介意賈环便覺得没趣且又听太監説三爺作的這個不通娘娘也没猜叫我帶回來問三爺是箇什庅衆人听了都來看他作的是什庅寫道是

大哥有角只八個　二哥有角只兩根

大哥只在床上坐　二哥愛在房上蹲

衆人看了大發一咲賈环只得告訴太監

説一個枕頭一個獸頭太監記了領茶了賈母見元春這般有興自已越發喜樂便命速作一架小巧精緻圍屏灯來設于堂屋命他姊姊妹妹們各自暗暗的作了寫出來粘于屏上然後預備香茶細菓以及各色頑物猜着之賀賈政朝罷見賈母高興況在節間晚上也來承歡取樂設了酒菓備了頑物上房懸了彩灯請賈母賞灯

取樂上面賈母賈政宝玉一席下面王夫人宝釵代玉湘雲又一席迎探惜三個又一席地下婆娘丫妚跕滿李宮裁王熙鳳二人在裡間又一席賈政因不見賈蘭因問怎庅不見蘭哥地下婆娘忙進裡間問李氏李氏起身咲着回道他說方才老爺

没去呌他他不肯來婆娘回覆了賈政衆人都咲說天生的牛心古怪賈政忙遣

賈環與兩個婆娘將賈蘭喚來賈母命他
在身傍坐了抓菓品與他吃大家說咲取
樂徃常間只有宝玉長談濶論今日賈母
政在這里便惟唯唯而已餘者湘雲雖係閨
閣弱女却素喜談論今日賈政在席也自
揷口禁言代玉本性懶與人共原不肯多
話宝釵原不妄言多話便此時亦是坦然
自若故此席雖是家常取樂反見拘束不

樂賈母亦不知因賈政一人在此所致之故酒過三巡便攆賈政去歇息賈政亦知賈母之意攆了自己去後好讓他們姊妹弟兄取樂賈政忙陪笑道今日听見老太太這里大設春灯雅謎故也備了彩礼酒席特來入會何疼孫子孫女之心便不略賜兒子半点賈母笑道你在這里他們都不敢說笑没的到叫我悶你要猜謎時我

便說一個你猜〻不着是要罰的賈政忙咲道自然要罰若猜着了也是要領賞的賈母道這個自然說着便念道

獅子身輕站樹稍　　打一菓名

賈政已知是荔枝便故意乱猜别的罰了許多東西然後方猜着了也得了賈母的東西然後也念一個與賈母猜念道是

身自端方　体自堅硬　雖不能言

有言必應　打一用物

說畢便悄悄的說與了宝玉宝玉會意又悄悄的告訴了賈母賈母想了想果然不差便說是硯台賈政咲道到底是老太太一猜就是回頭說快把賀彩送上來地下婦女們荅應一聲大盤小盒一齊捧上賈母逐件看去都是灯節下所用所用所頑之物心中甚喜遂命道給你老爺斟酒宝

玉執酒壺迎春送酒賈母因說你瞧瞧那屏上都是他姊妹們做的你猜一猜我听賈政答應起身走至屏前只見第一個寫道是

能使妖魔胆盡摧　身如束帛氣如雷
一聲震得人方恐　回首相看已化灰

此是元春之作

賈政道這是爆竹庅宝玉答道是賈政又看

道

天運人功理不窮　有功無運也難逢

因何鎮日紛紛乱　只有陰陽数不同

此是迎春之作

賈政道是筭盤迎春笑荅道是又往下看是

階下兒童仰面時　清明粧点最堪宜

遊絲一斷渾無力　莫向東風怨別離

此是探春之作

賈政道這是風箏探春笑道是又往下看

道是

前身色相總無成　不聽菱歌聽佛經

莫道此生沉黑海　性中自有大光明

此是惜春之作

石頭記第二十三回

西廂記妙詞通戲言
牡丹亭艷曲警芳心

話説賈元妃自那日幸大觀園回宫去後便命將那日所有的題咏命探春依次抄録妥協自巳䡖(較)其優劣次敘又命在大觀園勒石爲千古風流雅事因此賈政命人各處選拔精工名匠大觀園磨石鐫字

賈珍率領賈菖賈萍等監工因賈薔又管
理着文官等十二個女戲並行頭等事不
大得便因此賈珍又將賈菖賈菱等喚来
監工一日湯蠟釘硃動起工来這也不在
話下且說那個皇、廟並達摩庵兩處一
班的十二個沙彌十二個小道士如今挪
出大觀園来賈政正思分到各廟去分住
不想後街上住的賈芹之母周氏正盤筭

着也要到賈政這邊謀個大小事務與兒子管々好賺些銀錢使用可巧聽見這件事出来便坐轎子来求鳳姐々々因他素日不大拿腔作勢的便依允了想了幾句話便回王夫人説這些小和尚道士萬不可打發别處去一時娘々出来就要承應倘或散了花再若用時可又費事依我的主意不如將他們竟送到偺們家廟裡鐵檻

寺去月間不過一個人拿幾兩銀子去買柴米就完了說聲要就去叫來一点兒不費事呢王夫人聽了便商之于賈政賈政聽了笑道到是提醒了我就是這樣即時喚賈璉來當下賈璉正同鳳姐吃飯一聞呼喚不知何事放下飯就走鳳姐一把拉住咲道你且站住聽我說話若是别的事我不管若是為小和尚們那事好歹依我

這庅着如此這般教了一套话賈璉咲道我不知道你有本事你说去鳳姐聽了把頭一梗把筷子一放腮上似咲不咲的瞅着賈璉你當真的是頑话賈璉咲道西廊下五嫂子的兒子芸兒来求了我兩三次要這個事管々我應了叫他等着好容易出来這件事又奪了去鳳姐笑道你放心園子東北角上娘々說了還叫多々的種

松柏樹樓底下還叫種些花草等這件出来我管保叫芸兒管這件工程賈璉道果然這樣也罷了只是昨日晚上我不過是要改過樣兒你就扭手扭脚的鳳姐聽了嗤的一聲笑了向賈璉啐了一口低下頭便吃飯賈璉已經笑着去了到了前面見了賈政果然是和尚一事賈璉便依了鳳姐的主意說道如今看来芹兒到大〻

的出息了這件事竟交與他去管辦橫豎
照在裡頭的規例每月叫芹兒支領就是
了賈政原不大理論這些事聽賈璉如此
說便依了賈璉回到房中告訴鳳姐々々
即命人去告訴了周氏、賈芹便來見賈璉
母子二人感謝不盡鳳姐又作情央賈璉
先支三個月的叫他寫了領子賈璉批票
畫了押登時發了對票出去銀庫上按數

發三個月供給來白花花的二三百賈芹
隨手拈了一塊撂與掌秤的人請他們吃
茶罷于是命小廝拿了回家與母親商議
商議登時雇了一個大叫驢自己騎上又
雇了幾輛車至榮國公角门前喚出二十
四個人來上車一逕往城外鐵檻寺去了
當下無話如今且說賈元春因在宮中自
編大觀園題咏之後忽想那大觀園中景

緻自己幸過之後賈政必定敬謹封鎖不
敢使人進去騷擾豈不寥落況家中現有
幾個能詩會賦的姊妹何不命他們進去
居住也不使佳人落魄花柳無顏却又想起
寶玉自幼在姊妹叢中長大不比別的兄
弟若不命他進去只怕冷清了一時不大
暢快未免賈母王夫人愁慮須得也命他
進園居住方妙想畢遂命太監夏守忠到

榮國府来下 一道諭命寶釵等只管在園
中居住不可禁約封錮命寶玉仍隨進去
讀書賈政王夫人接了這諭待夏守忠去
後便来回明賈母遣人進去各處收拾打
掃安設簾幔床帳別人聽了還由自可惟
寶玉聽了這諭喜的無所不可·正合賈母
盤筭要這個要那個忽見丫嬛来說老爺
叫寶玉〻〻聽了好似打了個焦雷登時掃

去興頭臉上轉了顏色便拉着賈母扭的好似扭棍兒糖一般殺死不敢去賈母只得安慰道好寶玉你只管去有我呢他不敢委曲了你況且你又作了那篇好文章想是娘〻叫你進去住他吩咐你幾句不過不叫你在裡頭淘氣他說什庅你只好好的荅應着就是了一面安慰一面喚了兩個老嬷〻來吩咐好生帶了寶玉去別

叫他老子唬着他老嬷々答應了寶玉只
得前去一步不挪了上三指蹉到這邊来可
巧賈政正在王夫人房中商議事件金釧
兒彩雲彩霞繡鸞繡鳳等衆丫嬛都在廊
簷下站着呢一見寶玉走来都抿着嘴笑
金釧一把拉住寶玉悄々的笑道我這嘴
上是才擦的香浸胭脂你這會子可吃不
吃了彩雲一把推開金釧笑道人家正心

裡不自在你還奚落他趁這會子喜歡快
進去罷寶玉只得挨進门去原来賈政合
王夫人都在裡間屋裡趙姨娘打起簾子
寶玉躬身挨入只見賈政合王夫人對面
坐在炕上說話地下一溜椅子迎春探春
惜春賈環四個人都坐在那裡一見他進
来惟有探春惜春合賈環站了起来賈政
一舉目見寶玉站在跟前神彩飄逸秀色

奪人看看賈環人物委雜舉止荒踈忽又想起賈珠来再看〻王夫人只有這一個親生的兒子素爱如珍自己的鬍鬚將已蒼白因這幾件上把素日嫌惡寶玉之心不覺減了八九半晌説道娘〻吩咐你日日外頭嬉遊漸次踈懶如今叫禁管同你姊妹們在園子裡讀書寫字你可好生用心學習再若不守本分安常你可仔細寶

玉連〻答應了幾個是王夫人便拉他在
身傍坐了他姊妹三人依舊坐下王夫人
摸娑着寶玉脖項説道前兒的丸藥都吃
完了麽寶玉答應還有一丸王夫人道明
日再取十丸去天〻臨卧的時候叫襲人
伏侍你吃了你再睡寶玉道只從太〻吩
咐了襲人天〻晚上想着打發我吃賈政
問道襲人是何人王夫人道是個丫頭賈

政道丫頭不管叫個什麼罷了是誰刁鑽起個這樣名字王夫人見賈政不自在了便替寶玉掩飾道是老太太起的賈政道老太太如何知道這樣的話一定是寶玉寶玉見瞞不過只得起身回道因素日讀書曾記得古人有一句詩云花氣襲人知晝暖因這個丫頭姓花便隨口起了這個名字王夫人忙又向寶玉道你回去改了

罷老爺也不用為這小事生氣賈政道究
竟也無妨碍又何用改只是可見寶玉不
務正常在這些濃詩艷曲上作工夫說畢
斷喝一聲作孽的畜生還不出去王夫人
也忙道去罷去罷只怕老太〻等你吃飯
呢寶玉答應了慢慢的退出去向金釧兒
咲着伸〻舌頭兒帶着兩個老嬷〻一溜
烟走了剛至穿堂门前只見襲人倚门立

在那裡一見寶玉平安回来堆下咲来問吽你作什庅寶玉告訴他没有什庅不過怕我進園去淘氣吩咐〻〻一面說一面回至賈母跟前回明原委只見黛玉正在那里寶玉便問他你往那一處好黛玉正心裡盤筭這事忽見寶玉問他便咲道我心裡想着瀟湘館好我愛那幾竿竹隱着一道曲欄比別的更覺幽静寶玉聽了拍

手咲道正合我的主意一様我也要叫你住這裡呢我就住怡紅院偺們兩個又近又都清幽二人正計較着就有賈政遣人来回賈母説二月二十二日好哥兒姐兒們搬進去這幾日内遣人進去分派收什薛寶釵住了蘅蕪院林黛玉住了瀟湘館賈迎春住了綴錦樓探春住了秋掩書齋惜春住了蓼風軒李氏住了稲香村寶玉

住了怡紅院每一處添兩個老嬤嬤四個丫頭除各人奶娘丫嬛不算外另有專管收什打掃的人至二十二日一齊進去登時園內花招繡帶柳拂香風不似前番那等寂寞了閒言少敘且說寶玉自進園來心滿意足再無別項可貪生求之心了每日只合姊妹丫頭們一處或讀書或寫字或彈琴下棋作畫吟詩以致描鸞刺鳳鬪

草簪花低吟悄唱拆字猜枚無所不至倒也十分快樂他曾有幾首即事詩作的雖不美好却到是真情真景略記幾首云

春夜即事云

霞綃雲幄任鋪陳隔巷蟇更聽未真挑上輕寒窗外雨眼前春色夢中人盈盈燭淚因誰泣點點花愁為我嗔自是小鬟嬌懶慣擁衾不耐笑言頻

夏夜即事

倦繡佳人幽夢長金籠鸚鵡喚茶湯窗明麝月開宮鏡室靄檀雲品御香琥珀杯傾荷露滑玻璃檻納柳風涼水亭處處齊紈動簾捲珠樓罷晚粧

秋夜即事

絳芸軒裡絕喧嘩桂魄流光浸茜紗苔鎖石紋容睡鶴井飄桐露濕棲鴉抱衾婢至舒

金鳳倚檻人歸落翠花靜夜不眠因酒渴
沉烟重撥索烹茶

冬夜即事

梅魂竹夢已三更錦罽鸘衾睡未成松影
一庭惟見鶴梨花滿地不聞鶯女兒翠袖
詩懷冷公子金貂酒力輕却喜侍兒知試
茗掃將新雪及時烹

因這幾首詩當時有一等勢力人見是榮

金不稱

國府十二三歲的公子作的抄録出来各處稱頌再有一等輕浮子弟愛上那風騷妖艷之句也寫在扇頭壁上不時吟哦賞贊因此竟有人来尋詩覓字倩畫求題的寶玉越發得了意鎮日家作這些外務誰想静中生煩惱忽一日不自在起来這也不好那也不好出来進去只是悶悶的園中那些人多半是女孩兒正在混沌世界

天真爛熳之時坐卧不避嬉咲無心那裡知宝玉此時的心事那寶玉心内不自在便懶在園内只在外頭鬼混卻又痴ゝ的了茗烟見他這樣因想与他開心左思右想皆是寶玉頑煩了的不能開心惟有這件宝玉不曾看見過想畢便走到書坊内把古今小説並那飛燕合德武則天楊貴妃的外傳與那傳奇的角本買了許多来引

宝玉看寶玉何曾見過這些書一看見了
便如得了珍宝茗烟囑咐他不可拿進園
去若叫人知道了我就吃不了兜着走呢
寶玉那裡捨的不拿進園去踟躕再三單
把那文理細密的揀了幾套進去放在床
頭上無人時自看那粗俗過露的都藏在
外面書房裡那日正當三月中浣早飯後
寶玉携了一套會真記走到沁芳閘橋那

邊桃花樹下一塊石上坐着展開會真記
從頭細玩正看着落花成陣只見一陣風
過把樹上桃花吹下一大半来落的滿身
滿書滿地皆是寶玉抖將下来恐怕脚步
踐踏了只得兜了那花瓣来在池邊抖在
池内那花瓣浮在水面飄〻蕩〻竟流出
沁芳閘去了回来只見地下還有許多寶
玉正踟蹰間只聽背後有人說話你在這

裡作什庅寶玉一回頭却是黛玉来了肩
上担着花鋤〻〻上掛着花囊手内拿着
花掃寶玉咲道好来罷把這個花掃起来
撂在那水裡我才撂了好些在那裡呢黛
玉道撂在水裡不好你看這裡的水干淨
只一流出去有人家的地方臟的臭的混
倒仍舊把花遭塌了那畦角上我有一個
花塚如今掃起来裝在這絹袋裡拿土埋

上日久不過隨土化了豈不干凈寶玉聽
了喜不自勝咲道待我放下書幫你來收
什黛玉道什麼書寶玉見問慌的藏之不
迭便説道不過是中庸大学黛玉咲道你
又在我跟前弄鬼趂早兒給我瞧々好多
着呢宝玉道好妹々若論你我是不怕的
你看了好歹别要告訴人真々這是好文
章你看了這個連飯也不想吃呢一面説

一面遞了過去黛玉把花具都放下接書来從頭看去越看越愛不過頓飯工夫將十六齣俱已看完自覺詞藻警人餘香滿口雖看完了書却只管出神心內還默默的記誦寶玉咲道妹妹你說好不好黛玉咲道果然有趣寶玉咲道我就是個多愁多病的身你就是那傾國傾城貌黛玉聽了不覺帶腮連耳通紅登時就豎起兩道

似戲的眉蹬了兩個似睜非睜的眼微腮帶怒滿面含嗔指寶玉道你這該死的胡說好〻的把這淫詞艷曲弄了來述了這些混話來欺負我〻告訴舅〻舅母去說到欺負兩個字上早又把眼睛圈兒紅了轉身就走寶玉着了忙向前攔住說道好妹〻千萬饒我這一遭原是我說錯了若有心欺負你明日我吊在池子裡教個癩

頭黿吞了去變個大王八等你明日作了
一品夫人病老歸西的時候我往你墳上
替你馱一輩子碑去說的黛玉嗤的一聲
咲了一面揉着眼一面咲道一般唬的這
個調兒還只管胡說呸原來是個苗兒不
秀銀樣蠟鎗頭寶玉聽了咲道你這個呢
我也告訴去黛玉說你會你會過目成誦
難道我就不能一目十行庅寶玉一面收

書一面哭道正经快把花埋了罷別提那
個了二人便收什落花正才掩埋妥協只
見襲人走来説道那里没找到抹在這裡
来那邊大老爺身上不好姑娘們都過去
請安老爺太太叫打發你去呢快回来換
衣裳去罷寶玉聽了忙拿了書別了黛玉
同着襲人回房換衣不提這裡黛玉見寶
玉去了又聽見衆姊妹也不在房自己悶

悶的正欲回房剛走梨香院墻角邊只聽墻內笛韻悠揚歌聲婉轉黛玉便知是那十二個女孩子演習戲文呢只因黛玉素習不大喜看戲文便不留心只管往那邊走偶然兩句吹在耳內明明白白一字不落唱道是原來姹紫嫣紅開遍似這樣都付與斷井頹垣黛玉聽了到也十分感慨纏綿便止住步側耳細聽又聽他唱道是

良辰美景柰何天賞心樂事誰家院聽了這兩句不覺點頭自嘆心下自思道原来戲上也有好文可惜世人只知看戲未必能領略其中的趣味想畢又後悔不該胡想耽誤了聽曲子側耳時只聽唱道則為你如花美眷似水流年黛玉聽了這兩句上不覺心動神搖又聽道你在幽閨自怜等句越發如醉如痴站立不住便一蹲身

坐在一塊山子石上細嚼如花美眷似水流年八個字的滋味忽又想起前日見古人詩中有水流花謝兩無情之句再又有詞中有流水落花春去也天上人间之句又兼方才所見西廂記中落花流水紅閑情萬種之句都一時想起来湊聚在一處仔细忖度不觉心痛神馳眼中落淚正沒個開交忽覺背後擊了一下及回頭看時

好

不知如何

原来是且聽下回分解正是

册

粧晨綉夜心無意　對月臨風恨有之

石頭記第二十四囘

醉金剛輕財尚義俠
痴女兒遺帕染想思

話說林代玉正自情思縈逗纏綿固結之時忽有人從背後擊了他一掌說道你作什庅一個人在這里林代玉到唬了一跳回頭看時不是别人却是香菱林代玉道你這儍丫頭唬我這庅一跳你這會子打

那里来香菱嘻嘻的咲道我来請我們姑娘的找姑娘總不見你們紫鵑也找你呢說蓮二奶奶送了什庅茶葉来給你的走罷回家去坐着一面說着一面拉了代玉的手回瀟湘舘来果然鳳姐送了兩小瓶上用的新茶来代玉和香菱坐了靠他們有何正事談講不過說些這個繡的好那一個扎的精又下一回棋看兩句書香菱

便去了不在話下如今且説宝玉因被襲人找回房去只見鴛鴦歪在床上看襲人的針線的見宝玉来了便説道你往那裡去了老太太等着你呢叫你過那邉請老爺的安去還不快換了衣服走呢襲人便進房去取衣服宝玉坐在床沿上褪了鞋等靴子穿的工夫回頭見鴛鴦穿着桃紅綾子袄兒青緞子背心束着白縐紬汗巾

兒臉向內低着頭看針線脖子上帶着扎
花領子寶玉便把臉湊在他脖子上聞那
粉香油氣禁不住用手摩〔挱〕摩其白膩不在
襲人之下寶玉便猴〔挨〕上身去涎皮咲道好
姐姐把你嘴上的胭脂賞我吃了罷一面
說一面扭棍糖是的粘在身上鴛鴦便叫
道襲人你出來瞧瞧你跟〔了〕我他一輩子也〔她〕
不勸勸還是這庅着襲人抱了衣服出來

向宝玉道左勸着不改右勸着也不聽你到底是怎庅樣你再這庅着這個地方可就難住了一邊說一邊催他穿了衣服同了鴛鴦往前面来見過賈母出至外面人馬俱已齊備剛欲上馬只見賈璉正去請安回来了二人對面彼此問了兩句話只見傍邊轉出一個人来請宝叔安宝玉看時只見這個人容長臉兒長挑身材年紀

只好十八九歲生的着實斯文清秀到也十分面善只是想不起是那一房的叫什庅名字賈蓮〔璉〕咲道你怎庅發獃連他也不認得他是後廊上住的五嫂子的兒子芸兒宝玉咲道是了是了我怎庅就忘了因問他母親好這會子什庅勾當賈芸指賈〔着〕賈蓮〔璉〕道我二叔説句話宝玉咲道你到比先越發出息了到像是我的兒子賈蓮〔璉〕咲

道好不害燥人家比你大四五歲呢就替你作兒子了宝玉咲道他今年十幾歲了賈芸道十八歲了原来這賈芸最伶俐乖巧不過聽宝玉這樣說便咲道俗語說的摇車里的爺爺拄拐杖的孫子雖然歲大山高遮不住太陽只從我父親沒了這幾年也無照看教導若宝叔不嫌姪兒蠢夯認作兒子就是我的造化了賈璉咲道你

聽見了認了兒子不是好閙交的呢宝玉
咲道明兒你閙了只管来找我别和他們
鬼鬼祟祟的這會子我不得閙兒明兒你
在書房裡来和你說話兒我帯你園子
里頑去說着扳鞍上馬衆小厮圍隨往賈
赦這邉来見了賈赦不過是偶感些風寒
先述了賈母問的話然後自己請了安賈
赦先站起来回了賈母話次後便喚人来

帶哥兒進去太太屋里坐着宝玉領命退出来至後面進入上房邢夫人見了他来先到站起来請過賈母的安宝玉方請安邢夫人拉他上炕坐了方問別人好又命人到茶来一鍾茶未起[吃]完只見賈琮来問宝玉好邢夫人道那里找活猴子去你那奶媽子死絶了也不収什収什你美的黑眉烏嘴那里像大家子念書的孩子正説

着只見賈環賈蘭小叔侄兩個也來了請過邢夫人的安邢夫人便叫他兩個椅子上坐了賈環見寶玉同邢夫人坐在一個坐褥上邢夫人又百般摸娑撫弄他早已心中不自在了坐不多時和賈蘭使眼色兒要走賈蘭只得依他一同起身告辭寶玉見他們要走自己也就起身要一同回去邢夫人咲道你且坐着我還和你說話

宝玉只得坐了邢夫人向他兩個道你們回去各人替我問你各人的母親好你們姑娘姐姐妹妹都在這里呢鬧的我頭疼今兒不留你們吃飯了賈环等荅應着便出来回家去了宝玉咲道可是姐姐們都過来了怎庅不見邢夫人道他們坐了一會子都往後頭不知那屋里去了宝玉道大娘方才說有話說不知是什庅話邢夫

人咲道那里什庅話不過𠮷你等着同你姊妹們吃了飯去還有一個好頑的東西給你帶回去頑娘兒兩個説話時不覺早飯時節調開桌椅擺列杯盤母女姊妹們吃畢飯宝玉出去辞了賈赦同姊妹們一同回家見過賈母王夫人等各自回房安置不在話下且説賈芸見了賈璉因打聽有什庅事情賈璉向他説道前兒到有一

件事情出來偏你嬸娘再三求我給了賈芹了他許了我說明兒園子里還有幾處要栽花木的地方等這個工程出来一定給你就是了賈芸聽了半晌說道既是這樣我就等着罷叔叔也不必先在嬸子跟前先提我今兒来打聽的話到跟前再說也不遲賈璉道提他作什庅我那里有這些工夫說閑話呢明兒一五更還要到興

邑走一倘須得當日赶回来總好你先去
等着後日起更以後你来討信来早了我
不得閒説着便回後換衣服去了賈芸出
了榮國府回家一路思量想出一個主意
来便往他母舅卜世仁家来原来卜世仁
現開香料鋪方才從鋪子里回来忽見賈
芸進来彼此見過了因問他這早晚什庅
事跑了来賈芸咲道有件事求舅舅帮襯

我現見一件要緊事用些〻氷片麝香使用好歹舅舅每樣賒四兩給我八月里按數送了銀子来卜世仁冷哄道再休提賒欠一事前兒也是我們鋪子里一個影計替他的親戚賒了幾兩銀子的貨至今揔未還上因此我們大家賠上立了合同再不許替親友賒欠誰要錯了這個就罰他二十兩銀子的東道還趕出鋪子去況且如

可哭

今這個貨也短你就拿現銀子到我們這種不三不四的小鋪子里来買也還沒有這些只好倒扁兒去買這是一二則你那里有正經事不過賒了去又是胡鬧只說舅舅見你一遭兒就派你一遭兒不是你小人兒家很不知好歹也到底立個主見賺幾個錢弄的穿是穿吃是吃的我看着也喜歡賈芸咲道舅舅說的到干净我父

親沒的時節我年紀又小不知事後來聽見我母親說都還虧舅舅們在我們家出主意料理的喪事難道舅舅不知道的還是有一畝田兩間房呢是我不成器花了不成巧媳婦做不出沒米粥來叫我怎広樣呢還虧是我呢要是別個死皮賴臉的三日兩頭兒來纏舅舅要三升米兩升荳子的舅舅也就沒法兒卜世仁道我的兒

舅々要有還不是該的我天天和母親說愁你沒個計筭兒你但凡要立的起來到你們大房里就是他們爺兒們見不着便下個氣和他們的管家管事的人們嘻和嘻和也弄個事兒管管前兒我出城去遇見了你們三房里的老四騎着大黑叫驢帶着四五輛車有四五十和尚道士往家庙里去了他那不虧能幹就有這樣的好

事兒到他手裏了賈芸聽說劳刀的不堪
便起身告辭卜世仁道怎庅急的這樣吃
了飯再去罷一句話未說完只見他娘子
說道你又胡塗了說着沒了米這里買了
半斤麪来下給你吃這會子還粧胖呢留
下外甥挨餓不成卜世仁道再買半斤來
添上就是了他娘子便叫女兒銀姐兒往
對門王奶奶家有錢借三二十個你說明兒

就還夫妻兩個說話那賈芸早說了幾個不用費事去的無影無踪了不言卜家夫妻且說賈芸睹氣離了母舅家一逕回歸舊路心下正自煩惱一邊想一邊低着頭只管走不想一頭就磞在一個醉漢身上把賈芸唬了一跳聽那醉漢罵道肏你媽的瞎了眼睛了磞起我来了賈芸忙要躲早被那醉漢一把抓住對面一看不是別

人却是緊隣倪二原來這倪二是個潑皮
常放重利在賻賭塲吃閑錢專愛吃酒打
架如今正從欠主家取了利錢吃醉回来
不想被賈芸碰了一頭正没好氣掄拳就
要打只聽那人說道老二住手是我冲撞
了你倪二聽見是熟人語音將醉眼睁開
看時見是賈芸忙把手鬆了趔趄着咲道
原来是賈二爺我該死我該死這會子往

那里去賈芸道告訴不得你平白的又討了個沒趣倪二道不妨有什庅不平的事告訴我我替你出氣這三街六巷平他是誰有人得罪了我醉金剛倪二的人管叫他人離家散賈芸道老二你且別生氣聽我告訴你這原故説着便把卜世仁一段事告訴了倪二倪二聽了大怒道要不是令舅我便罵出好話来真真氣死我也罷你

也不用愁煩我這里現有幾兩銀子你若用什庅只管拿去買辦但只一件你我作了這些年的街坊我在外頭有名放賬的人你却從沒有和我張過口也不知你厭惡我是個潑皮怕底了你的身分也不知你怕我難纏利錢重若說怕利錢重這銀子我是不要利錢的也不用寫文立約若說怕底了你的身分我就不敢供給你了

各自走開一面說一面從搭包里掏出一卷銀子來賈芸心下自思素習倪二雖然潑皮無賴却因人而使頗頗的有義俠之名若今日不領他之情怕他燥了倒恐生事不如借了他的改日加倍還他也倒罷了想畢咲道老二你果然是個好漢我何曾不想着來和你張口但只是我見你所交結的都是些々有胆量有作為的人像我

們這等無能為的你通不理我若和你張
口你豈肯借給我今日既蒙高情我怎敢
不領回家按例寫了文約過來便是了倪
二大咲道好會說話的人我却聽不上這
話既說相與交結四個字如何又放賬給
他使圖賺他的利錢既把銀子借與他圖
他的利錢便不是相與交結了閑話也不
必講既承你不棄這是十五兩三錢有零

的銀子你便拿去置買東西你要寫什庅
文契趂早把銀子還我讓我放給那些有
有指望的人使去賈芸聽了一面接了銀
子一面咲道我便不寫罷了有何着急的
倪二咲道這不是話天氣黑了也不讓茶
讓酒我還到那邊也有点事情去你竟請回
去罷我還求你帶個信兒與舍下叫他們
早些關門睡罷我不回家去了倘或有要

緊事叫我們女兒明兒一早到馬販子王
短腿家來找我一面說一面趔趄着腳兒
去了不在話下且說賈芸偶然碰了這件
心事下也十分罕異想那倪二到果然有
些意思只是還怕他一時醉中懷(慷)慨到明
日加倍的要起來便怎處心內猶疑不決
忽想道不妨等那件事成了也可加倍還
他想畢一直走到一個錢舖里將那銀子

秤了一秤十五兩三錢四分二厘賈芸見倪二不撒謊心下越發歡喜收了銀子来至自家門首先到隔壁將倪二的信稍與他娘子方回家来見他母親在炕上坐着拈線見他進来便問那里去了一日賈芸恐他母親生氣便不說卜世仁的事只說在西府里等璉二叔來着問他母親吃了飯不曾他母親說吃過了給你留的飯在

那里叫小了頭子拿過来你吃罷那天已
是掌灯時分賈芸吃了飯收什安歇一夜
無話次日一早起来洗了臉便出南門大
香鋪里買了冰麝便往榮國府来打聽賈
璉出了門賈芸便往後面来到賈璉院門
前只見幾個小廝拿着大高笤箒在那里
掃院子呢忽見周瑞家的從門里出来叫
小廝們先别掃奶奶出来了賈芸忙上去

咲問道二嬸子那去周瑞家的道老太太
叫想必是裁什庅尺頭正說着只見一羣
人撮着鳳姐出来了賈芸深知鳳姐是喜
奉承尚排場的忙把手逼着恭々敬々搶
上来請安鳳姐連正眼也不睄仍往前走
着只問他母親好怎庅不来我們這里曠
曠賈芸道只是身上不大好到時常記掛
着嬸子要来睄睄又不能来鳳姐咲道可

好

是你會撒謊不是我提起他来你就不說他想我了賈芸咲道侄兒不怕雷打了就敢在長輩前撒謊昨兒晚上還提起嬸子来說嬸娘身子生的単弱事情又多虧嬸子好大精神竟料理的周全要是差一個的早累的不知怎庅樣呢鳳姐聽了滿面是咲不由的便止了步問道怎庅好好的你娘兒兩個在背地里說起我来賈芸道

有個原故只因我有個極好的朋友家里有幾個錢現開香鋪只因他身上蠲了個通判前兒選了雲南不知那一處連家眷一齊去他便收了香鋪不開了把賬物攢了一攢該人的給人該賤發的都賤發了像這個貴的貨都分着送了親朋友他就送了我四兩冰片四兩麝香我就和我母親商量若要轉賣不但賣不出原價來而

且誰家拿這些銀子買這個作什庅便是
很有錢的大家子也不過使幾分幾錢就
挺折腰了若說送人也沒個人配使這些
到吽他一文不值半文的轉賣了因此我
就想起𡤥子來往年間我還見𡤥子大包
的銀子買這些東西呢別說今年貴妃進
了宮明兒這個端陽節不用說這些香料
自然是比往常加上十幾倍的用呢因此

想起来想去只有孝敬嬸娘一個人緫合式方不筭遭塌這東西一邊說一邊将那氷麝擧起来鳳姐正是要辦端陽節禮採買香料藥餌的時節忽見賈芸如此一来聽這一片話心下又是得意又是喜歡便命豐兒接過来送了家去交給平兒因又說道看着你狠知好歹怪道你叔叔常提你說你說話兒也明白心里也有見識賈

好

芸聽了這話入了港便打進一步來故意
問道原来叔叔也曾提我来鳳姐見問纔
要告訴他與他事情管的話把那話又忙
止住心下想道我如今要告訴他那話到
叫他看着我見不得東西是的因為得了
這点子香就叫他管事了令兒先别提這
事想畢便把派他監種花木工程的事都
隐瞞的一字不提隨口說了兩句閑話便

往賈母那里去了賈芸也不好提得只得
回来因昨兒見了宝玉吽他到外書房等
着賈芸吃了飯便又進来到賈母那邉儀
門外綺霰齋三間書房里来只見茗烟鋤
藥兩個小廝下象棋為奪車正辯嘴還有
掃花桃雲伴鶴三個人在房簷上掏小雀兒
頑賈芸進入院内把脚一跺說道小猴們
淘氣我来了衆小廝看見賈芸進来都纔

散了賈芸進入房内便坐在椅子上問宝二爺没下來茗烟道今兒揔没下来二爺說什庅我替你哨探哨探去說着便出去了這里賈芸便看字画古玩有一頓飯工夫還不見来再看看别的小厮却都頑去了正自煩悶只聽門前姣聲嫩語叫了兩聲哥哥賈芸往外瞧時見是十六七歲的了頭生得到也細巧干净那了頭一見了

賈芸便抽身躲了過去恰好茗烟走來見那丫頭在門前便說道好好正抓不着個信兒呢賈芸見了茗烟也就赶了出来問怎庅樣了茗烟道等了這一日也沒個人出來這就是宝二爺房里的好姑娘你進去帶個信兒就說廊上住的二爺来了那丫頭聽說方知是本家的爺們便不似先前那等迴避了不死眼把賈芸釘了兩眼

那賈芸說道什么廊上廊下的你只說芸
兒就是了半晌那丫頭冷笑了一笑依你
說二爺竟請回去罷有什么話明兒再来
今兒晚上得空兒我回回我們爺茗烟道
這是怎么着那丫道頭他今兒也沒睡中
覺自然吃的晚飯早晚上又不下来難道
只是叫二爺在這里䒭着挨餓不成不如
家里去明兒来是正經就便回来有人帶

信兒那都是不中用的他不過是口里荅
應着他那庅大工夫給你帶信兒去呢賈芸
聽了丫頭的話簡便俏麗待要問他名字因是
宝玉房里的又不便問只得說道這話到
是我明兒再来說着便往外走茗烟道我
倒茶去二爺吃了茶再去賈芸一面走一
面回頭說不吃茶我還有事呢口里說着
眼睛瞅那了頭還站在那里呢那賈芸一逕

回家至次日果然又來了至大門前可巧
遇見鳳姐往那邊去請安纔上了車見賈
芸來便叫人喚住隔窗子咲道芸兒你竟
有胆子在我跟前弄鬼怪道你送東西給
我原来你有事求我昨兒你叔叔纔告訴
我說你求他賈芸咲道求叔叔這事嬸娘
休提我這里正後悔呢早知這樣我竟一
起頭兒求嬸娘這會子也早完了誰承望

叔叔竟不能的鳳姐咲道怪你那里没成兒昨兒又来找我賈芸道嬸娘可辜負了我的孝心我並没有這個意思若有這個意思昨兒還不求嬸娘如今嬸娘又好歹疼我一点罷鳳姐冷咲道你們要揀遠路兒走叫我也難了早告訴我一聲兒有什庅不成的多大点子事就悮到這會子那園子里還要種樹種花呢我只想不出一個

人来你早來不早完了賈芸咲道既是這
様嬸娘明兒就派我罷鳳姐半晌說道這
個我看着不大好等明年正月裡的烟火
灯炮那個大京狂兒下來再派你罷賈芸道
好嬸娘先把這個派了我罷果然這個辦
的好再派我那個鳳姐咲道你到會拉長
杆兒罷若不是你叔叔說我不管你的事
我不過吃了飯就過來你到午錯的時侯

来領銀子後兒就進去種樹說畢命人駕了香車一逕去了賈芸喜不自禁来至綺霰齋打聽宝玉誰知宝玉一早便往北静王府里去了賈芸便呆呆的坐到晌午打聽鳳姐回来便寫了帖子来領對牌至院外命人通報了彩明走出来单要了帖子進去批了銀數年月一並連對牌送與賈芸賈芸接了看那上批銀數批了二百兩

心中喜不自禁畨身走到銀錢庫上交與收牌票的領了銀子回家告訴他母親自是母子俱各歡喜次日一個五更賈芸先找了倪二將前銀按數還他那倪二見賈芸有了銀子他便按數收回不在話下這里賈芸又去買樹亦不在話下如今且説宝玉自那日見了賈芸曾説明日着他進來説話兒如此説了之後他原是富貴公

子的口角那里還把這個放過〔在心裡〕賈母王夫
人等回至園內換了衣服正要洗澡襲人
因被薛宝釵煩了打結子去秋紋碧痕兩
個去找紅檀呢又因他母親的生日接了
出去了麝〔麝〕月又現在〔房〕中養病雖還有幾個
作粗活聽喚的了頭估諒着叫不着他們
都出去尋夥覓伴的頑去了不想這一刻
的工夫只剩了宝玉在房內偏生的宝玉

要吃茶叫了兩三聲方見兩三個老婆子
走進來宝玉見了他們連忙搖手兒說罷
罷不用你們了去羅婆子去了只得自己下
來拿了碗向茶壺去倒茶只聽背後說道
二爺仔細燙了手讓我來倒一面走上來
早接了碗過去宝玉到唬了一跳問你在
那里的忽然來了唬我一跳那丫頭一面
遞茶一面回說我在後院子里纔從里間

的後門進来难道二爺就没聽見脚步响
宝玉一面吃茶一面仔細打量那了頭穿
着幾件半新不舊的衣裳到是一頭黑鬒
鬒的好頭髮挽着個䰖容長臉面細巧身
材却十分俏麗宝玉看了便咲問道你也
是我這屋里的人庅那了頭道是宝玉道
既是這屋里的我怎庅不認得那了頭聽
說便冷咲一聲道宝爺不認得的也多豈

止我一個從来我又不遞茶遞水拿東拿
西眼面前的事一点兒不作宝爺那里認
得呢宝玉道你為什庅不作那眼面前的
事呢那了頭道這話我也難説只是有一
句話回二爺昨兒有個什庅芸兒来找二
爺我想二爺不得空兒便呌茗烟回他呌
他今晚早起来不想二爺又往北府去了
剛説到這句話只見秋紋碧痕唏唏哈哈

的說咲着進入院來兩個人共提着一桶
水一手撩着衣裳趔趔趄趄潑潑撒撒的
那了頭便忙迎出去來接那秋紋碧痕正
對抱怨你濕了我的裙子那個又說你跴
了我的鞋忽見走出一個人来接水二人
看時不是别人原来是小紅二人便都岔
意将水放下忙進房來東睄西望並沒别
個人只有宝玉二人便心中大不自在只

得預備下洗澡之物待宝玉脱了衣裳二人便帶上門出來走到那邊房内便找小紅問他你方才在屋里説什庅小紅道我何曾在屋里只因我的手帕子不見了往後頭找手帕子去不想二爺要茶姐姐們一個沒有是我進去了纔到了茶姐姐們便來了秋紋聽了兜臉便啐了一口罵道沒臉面的下流東西正經叫你提水你不

去倒叫我們去你不等着作個巧宗兒一里頭就你好了難道我們倒跟不上你了你也拿鏡子照照配遞茶遞水的不配碧痕說道明兒我說給他們要茶要水遞東拿西的咱們都別動只叫他去便是了秋紋道這麽說還不好我們散了單讓他在這屋里呢二人你一句我一句正鬧着只見有個老嬷嬷進來傳鳳姐的話說明兒

有人帶匠人進來種樹叫你們嚴緊着些衣服裙子別混晒晾的那土山一溜都攔着幃幙呢可別混跑秋紋便問明兒不知是誰帶進匠人來監工那婆子道是什庅後廊上的芸二爺秋紋碧痕聽了都不知道只管混問別的話那小紅聽見了心內却明白就知是昨兒外書房見的那個人了原來這小紅本姓林小名紅玉只因玉

字犯了林黛玉宝玉的名字便把這個字
隱起來便都叫他小紅原是榮國府中世
代舊僕他父母現在收管各處房田事務
且聽下冊分解

石頭记第二十五回

魘魔法叔嫂逢五鬼
通靈玉蒙蔽遇雙仙

话说红玉心中恍惚情思纏綿忽朦朧睡去遇見賈芸要拉他却回身一跑被门檻绊了一跤唬醒方知是夢因此番来覆去一夜無眠至次日天明方纔起来就有幾個丫頭子来會他去掃打房子提洗臉水

這紅玉也不梳洗向鏡中胡亂挽了一挽
頭髮洗了洗手腰内束了一條汗巾子便
来打掃房屋誰知寶玉昨日見了紅玉也
就留了心若要直指名喚他上来使用一
則怕襲人等寒心二則又不知紅玉是何
等行為若將還罷了若不將起来那時到
不好意思退送因此心下悶悶的一早起
来也不梳洗只坐著出神一時拿下窓子

只有紗屜子向外看的真切只見好幾個了頭在那裡掃地都擦胭抹粉簪花插柳的獨不見昨日那一個了頭寶玉便靸鞋悄出了房门只粧着看花兒這裡瞧瞧那里望望抬頭只見西南角上遊廊底下欄杆上似有一個人倚在那裡却恨面前一株海棠花遮着看不真切只得又轉了一步仔細一看却是昨日的那了頭在那裡

出神寶玉待要迎上去又不好去的正想
着忽見碧痕来催洗臉去只得進去了不
在話下却説紅玉正自出神忽見襲人招
手吽他只得走上前来襲人咲道我們這
裡的噴壺我昨兒打了你到林姑娘那裡
去把他們的借来使使紅玉答應了便走出
来往瀟湘館去正走上翠烟橋抬頭一望
只見山坡上俱凡高處都攔着幃幙方想

起今見有匠役在裡頭種樹因轉身一望
只見那邊遠遠的一簇人在那裡掘土賈
芸正坐在那山子石上紅玉待要過去又
不敢過去只得悶悶的向瀟湘館取了噴
壺回來無精打彩自回房內倒著衆人只
說他一時身上不快都不理論展眼過了
一日原來次日就是王子騰夫人壽誕那
裡原打發人來請賈母王夫人的王夫人

見賈母不去自巳便也不去了到是薛姨
媽同着鳳姐兒並賈家四個姊妹寶釵寶
玉一齊都去了至晚方回可巧王夫人見
賈環下了學命他来抄個金剛呪唪頌那
賈環正在王夫人炕上坐着命人点上燈
燭拿腔作勢的抄寫一時又叫彩雲倒茶
来一時又叫金釧兒拿剪〻蠟花一時又
說金釧兒擋了燈影此時衆丫嬛們素日

原厭惡他却不荅應只有彩霞還和他合的来倒了一鍾茶遞與他因見王夫人和人說話他便悄悄向賈環說道你安些分罷何苦討這個厭那個厭的賈環道我也知道了你别哄我如今你和寶玉好把我不大理論我也看出来了彩霞咬着嘴唇向賈環頭上戳了一指頭說道沒良心的狗咬呂洞賓不識好心人兩人正說着只

見鳳姐来了拜見過王夫人王夫人便一
長一短的问他令兒是那幾位堂客戲文
好歹酒席如何等話説了不多幾句話寶
玉也来了進门見了王夫人不過規ゝ矩
矩説了幾句話便命人除去抹額脫了色
服拉了靴子一頭滚在王夫人懷内王夫
人便用手滿身滿臉摩娑撫弄他寶玉也
搬着王夫人的脖子説長説短的王夫人

道我的兒你又吃多了酒臉上滚熱的你
還只是揉搓一會子鬧上酒来還不在那
裡靜〻的倒會子呢說着便叫人拿個枕
頭来寶玉聽說下来在王夫人身後倒下
又叫彩霞來替他拍着寶玉便和彩霞說
咲只見彩霞淡〻的不大答應兩眼只向
賈環處看寶玉便拉他的手咲道好姐〻
你也理我理兒呢一面說一面拉他的手

只往衣內放彩霞奪手不肯便說再鬧我就嚷了二人正鬧着原來賈環聽的見素日原恨寶玉如今又見他和彩霞斯鬧心中越發按不下這口毒氣雖不聽好明言卻每每暗中筭計只是不得下手今見相離甚近便要用熱油燙瞎他的眼睛因而故意裝作失手把那一盞油汪汪的燈向寶玉臉上只一推只聽寶玉噯喲滿屋裡衆

黑衆人都唬一跳快拿燈来看時只見寳玉滿臉滿身都是油王夫人又急又氣一面命人来替寳玉洗臉一面又駡賈環鳳姐三步兩步跑上炕去替寳玉收什着一面笑道老三還是這麽荒脚雞是的我說你上不得高抬擺趙姨娘也該時常教導教導他一句話提醒了王夫人那王夫人不駡賈環便叫過趙姨娘駡道養出這樣黑

心不知道理下流種子来也不管〻我几番
番次我都不理論你們得了意越發上来
了那趙姨娘素日雖然也常懷嫉妒之心
不忿鳳姐寶玉兩個也不敢露出来如今
賈環又生了禍受這場惡氣不但吞聲承
受而且要去替寶玉收什只見寶玉左臉
上湍了一臉炮出来幸而眼睛竟沒動王
夫人看了又是心疼又怕明日賈母問怎

掾回荅急的又把趙姨娘數落一頓然後又安慰了寶玉一番又命取敗毒消腫藥来敷上寶玉道雖然有些疼還不妨事明兒老太〻問就説是我自己燙的罷了鳳姐咲道便説是自己燙的也要罵人為什庅不小心看着叫你燙了横竪有一場氣生的到明兒憑你怎庅説去罷王夫人命人好生送了寶玉回房去後襲人等見了

寶玉都慌的了不的林黛玉見寶玉出了
一天门就覺悶〻的没個可說话的至晚
正打發人来問了两三遍回来不曾這遍
方纔回来又偏生盪了臉黛玉便赶着来
瞧只見寶玉正拿鏡子照呢左邊臉上滿
滿的敷了一臉的藥黛玉只當盪的十分
利害忙上来問怎庅盪了要瞧〻寶玉見
他来了忙把臉遮住摇手叫他出去不肯

叫他看知道自己他的癖性喜潔見不得這些
東西黛玉自已也知道自已有件癖性知
道寶玉的心内怕他嫌贜因哭道我瞧々
還了那裡了有什麽遮著藏著一面說一
面就湊上来強搬著脖子瞧了一瞧問他
疼的怎麽樣寶玉道也不狠疼養一兩日
就好了黛玉坐了一會悶々的回房去了
一宿無話次日寶玉見了賈母雖然自已

承認是自己燙的不與別人相干免不得
那賈母又把跟從的人罵一頓過了一日
就有寶玉寄名的乾娘馬道婆進榮國府
請安見了寶玉唬一大跳問其緣由說是
燙的便点頭嘆息一回向寶玉臉上用指
頭画了幾画口內嘟嘟嚷嚷的又持頌了
一回說道管保就好了這不過是一時飛
災又向賈母道老祖宗老菩薩那裡知道

那経典佛法上説的利害大凡那王公卿相人家的子弟只一生長下来便有許多的促狭鬼跟著他得空便擰他一下或掐他一下或吃飯時打下他的飯碗来或走著推他一跤所以往〻的那些大人家子弟多有長不大的賈母聽如此説便趕着問這有個什麼佛法解釋没有呢馬道婆道這也容易只是替他多做些因果好事

也就罷了再那经上還說西方有位大光明普照菩薩專管照耀陰暗邪祟若有善男信女虔心供奉者可以永佑兒孫康寧安靜再無驚恐邪祟撞客之疾賈母道倒不知怎庅個供奉這位菩薩馬道婆道也不值什庅不過除香燭之外一天多添幾斤香油点上個大海燈這海燈便是菩薩的現身法像晝夜不敢息的賈母道一天

一夜也得多少油明白告訴我也好做這
件功德的馬道婆聽如此説便咲道這也
不拘隨施主菩薩們隨心像我家裡就有
好幾處的王妃誥命供奉着呢南安郡王
府裡的太妃他許的願心大一天是四十
八斤油一斤燈草那海燈只比缸略小些
錦田侯的誥命次一等一天不過二十四
斤再還有幾家也有五斤三斤的一斤二

斤的都不拘數那小家子窮人家捨不起
這些的就是四兩半斤也少不浔替他点一
点賈母聽了点頭思忖馬道婆道還有一
件若是為父母尊親長上呢多捨些無妨
若說老祖宗如今為寶玉若捨多了到不
好還怕哥兒禁不起到折了福不當家花
拉的要捨大則七斤小則五斤也就是了
賈母道既是這庅說你便一日五斤合準

了每月来打薑關了去馬道婆念一聲阿
彌陀佛慈悲大菩薩賈母又命人来吩咐已
後大凡寶玉出门的日子拿幾串錢交給
小子们帶着遇見僧道窮苦之人好施捨
說畢那馬道婆又坐了一回便往各院各
房问安閒曠去了一時来至趙姨娘房内
二人見過趙姨娘命小丫頭到茶来與他
吃馬道婆因見炕上堆着些零碎綢緞灣

角趙姨娘正粘鞋呢馬道婆道可是我正
没了鞋面子趙奶〻你有零碎緞子不拘
是什麼顏色的弄一雙子給我趙姨娘聽
說便嘆口氣說道你瞧〻那裡頭還有那
一塊是成樣的成了樣的東西也到不了
我手裡来有的没的都在那裡你不嫌就
挑兩塊子去馬道婆見說果真便挑了兩
塊紅青的袖將起来趙姨娘問道前兒我

打發人送了五百錢在藥王老爺跟前上
供你可收了沒有馬道婆道早已替你上
了供了趙姨娘嘆道阿彌陀佛我手裡但
凡從容些也時常的上個供只恨心有餘
力量不足馬道婆道你只放心將來熬的
環哥兒大了得個一官半職時你要作多大的
功德不能了趙姨娘聽說鼻子裡哼了一
聲說道罷再別說起如今就是個樣兒我

們娘兒們跟的上這屋裡那一個兒也不是有了寶玉竟是得了個活龍他還是小猴子家長的得人意兒大人偏疼他些也還罷了我只不伏這個主兒一面說一面伸手出兩個指頭兒來馬道婆會意便問道可是璉二奶〻趙姨娘唬的忙擺手兒走到門前掀簾子向窗外看〻無一個人方進來向道婆悄〻說道了不的了不的

提起這個王兒來真〻把人氣殺呌人一
言難盡我白和你打個賭明兒這一分家
私要不都呌他搬送到娘家去我也不是
個人馬道婆見他如此説便探他口氣説
道我還用你説難道看不出来的也虧你
們不大理論只憑他去到也妙趙姨娘道
我的娘不憑他去誰還敢把他怎麽樣呢
馬道婆聽説鼻子裡一哼半晌説道不是

我說句造業的話你們沒有本事也難怪
別人明不敢怎樣暗裡也就算計了還等
這如今趙姨娘聞聽這話裡有道理心內
暗〻的喜歡便說道怎麽暗裡算計我到
有這樣心只是沒有這樣能幹人你若教
給我這法子我大〻的謝你馬道婆聽這
話打攏了一處便又故意說道阿彌陀佛
你快休問我〻那裡知道這些事罪過罪

過趙姨娘道你又来了你是最肯濟困扶危的人難道就眼睜々的看人家去擺佈死了我們娘兒兩個不成難道還怕我不謝你馬道婆聽如此說便咲說道我不忍吽你娘兒們受人折磨還由可若說謝的這個字可是你錯打筭了就是我希圖你的謝靠你有什庅東西打動我呢趙姨娘聽這口氣鬆動了便說道你這庅明白怎庅

胡塗起来了你若果然法子靈驗把他兩個絶了明日這家私不怕不是我環兒的那時你要什庅不得呢馬道婆聽了低了頭半晌説道那時候事情妥當了又無憑據你還理我呢趙姨娘道這又何難如今我雖手裡沒什庅也零碎攢了幾兩梯己還有幾件衣服簪子你先拿些去下剩的我寫個欠銀子的文契給你〻要什庅保

人也有那時我照數給你馬道婆道果然
這樣趙姨娘道這如何還撒得謊説着便
叫過一個心腹的婆子來耳根底下戚〻
喳〻説了幾句話那婆子出去了一時回
來果然寫了個五百兩欠契來趙姨娘便
用了手摸押走到廚櫃裡將梯己拿了出來
與馬道婆看道這個你先拿去做個香燭
供養使費可好不好馬道婆看了白花〻

一堆銀子又有欠契並不顧青紅皂白滿口裡應着伸手先去抓了銀子拽起来然後收了欠契又向褲裏掏了半晌掏出十個紙鉸的青臉紅髮的鬼祟並兩個紙人遞與趙嬈娘又瞧瞧教他道把兩個的年庚八字寫在這兩個紙人身上並這五個鬼都掖在他們各人的床上就完了我只家裡作法自有效驗千萬小心不要害怕

正纔說完只見王夫人的了頭進來找道
馬奶〻可在這裡太〻等你呢二人方散
了不在話下卻說林黛玉因見寶玉近日
燙了臉總不出门到得時常在一處說〻
話兒這日飯後看了兩遍書自覺無趣便
同紫鵑雪雁作了一回針線更覺煩悶便
倚著房门出了一回神信步出來看階下
新迸出的稚筍不覺信步出了院门一望

園中四顧無人惟見花光柳影鳥語溪聲黛玉信步便往怡紅院中来只見幾個丫頭舀水都在廻廊上圍着看畫眉洗澡呢聽見房內有咲聲黛玉便入房中看時原来李宮裁鳳姐寶玉都在這裡呢一見他進来都咲道這不又来了一個黛玉咲道今兒齊全誰下帖子請来的鳳姐道前兒我打發丫頭送了兩瓶茶葉去你往那裡

去了黛玉咲道可是呢我到忘了多謝你
的茶葉鳳姐兒又道你嚐了可還好不好
沒有說完寶玉便道論理可到羅了只是
我說不大甚好也不知別人嚐着怎庅樣
黛玉道味到清只是顔色不很好鳳姐道
那是暹羅國進貢来的我嚐着也沒什庅
趣兒還不如我每日吃的呢林黛玉道我
吃着好不知你們的脾胃是怎樣寶玉道

你果然愛吃把我這個你拿了去吃罷鳳
姐道不用取去我打發人送來就是了我
明日還有一件事求你一同打發人送来
黛玉聽了咲道你們聽〻這是吃了他們
家一点子茶葉就要来使喚人了鳳姐咲
道倒求你〻倒說這些閒話吃茶吃水的
你既吃了我們家的茶怎麽還不給我們
家作媳婦衆人聽了一齊都咲起来黛玉

紅了臉一聲不言語便回過頭去了李宫
裁咲向寶釵道真々我們二嬸子的詼諧是好的
黛玉道什庅詼諧不過是貧嘴賤舌討人
厭惡罷了說着便啐了鳳姐一口鳳姐咲
道你別作夢了你替我們家作了媳婦少
什庅指寶玉道你瞧々人物兒門第配不
上根基配不上模樣兒配不上家私配不
上那一點兒還玷辱了誰呢黛玉擡身就

走寶釵便説顰兒急了還不回来坐着呢
走了到没意思説着便走起来拉住剛至
房门前只見趙姨娘和周姨娘兩個人進来
瞧寶玉李宮裁寶釵寶玉等都讓他兩個
坐獨鳳姐只和黛玉説笑正眼不看他们
寶釵方欲説話时只見王夫人房内丫頭
来説舅太〻来了請奶〻姑娘们出去呢
李宮裁聽了連忙叫着鳳姐等走了趙周

兩個也忙辭了寶玉出去寶玉道我也不能彀出去你們好歹別叫舅母進來又道林妹〻你先略站一站我和你說句話鳳姐聽了回頭向黛玉笑道有人叫你說話呢說着便把黛玉往裡一推寶玉拉着黛玉的袖子只是嘻〻的笑心裡有話只是說不出來此時黛玉心裡也有幾分明白只是自已不住的把臉紅漲起來掙着要走

寶玉道噯喲好頭疼黛玉道該阿彌陀佛寶玉大叫一聲我要死將身一縱離地跳起來有三四尺高口內亂嚷亂叫說起胡話來黛玉並丫頭們都唬慌了忙去報知王夫人賈母處此時王子騰的夫人也在這裡都一齊來看時寶玉越發拿刀弄杖尋死覓活的鬧得天翻地覆賈母王夫人見了唬的抖衣亂戰且兒一聲肉一聲痛

哭起来于是驚動諸人連賈赦邢夫人賈珍賈政賈璉賈蓉賈芸賈萍薛姨媽薛蟠並周瑞家的一干家中上上下下裡裡外外衆媳婦丫嬛等都来園內看視登時亂麻一般正沒個主意只見鳳姐手持一把明晃晃的剛刀砍進園內見鷄殺鷄見狗殺狗見人就要殺人衆人越發慌了周瑞媳婦帶著幾個有力量胖壯的婆娘上去

陌面

趣格

抢住奪下刀来抬回房去平兒豐兒等哭得哭天哭地賈政心中也有些煩難顧了這裡丢不下那裡別人慌張都不必講獨有薛蟠更比諸人忙到十分走開纔又恐薛姨媽被人擠倒又恐薛寶釵被人瞧見又恐香菱被人燥皮知道賈珍等是在女人身上做工夫的因此忙的不堪忽一眼瞥見了林黛玉風流婉轉早已酥倒在那

裡當下衆人七言八語有說請端公送祟
的有的說請巫婆跳神的有的又薦玉皇
閣張真人的喧騰不一也曾有百般醫治
祈禱問卜求神總無效驗堪堪日落王子
騰的夫人告辭去後次日王子騰也來瞧
問接着小史侯家邢夫人弟兄輩並各親
戚眷屬都來瞧看也有送符水的也有薦
僧道的總不見效他叔嫂二人越發胡塗

不省人事睡在床上渾身火炭一般口內
無般不說到夜晚間那些婆娘媳婦丫頭
們都不敢上前因此把他二人都抬到王
夫人上房內夜間派了賈芸帶著小子們
挨次輪班看守賈母王夫人邢夫人薛姨
媽等寸步不離只圍著乾哭此時賈赦賈
政又恐哭壞了賈母日夜熬油費火鬧得
人口不安也都無了主意賈赦還各處去

尋僧覓道賈政見不靈效着寔懊恨因阻賈赦道兒女之類皆由天命非人力可强者他二人之病出於不意百般醫治不效想来天意該如此也只好由他們去罷賈赦也不理此話仍是百般忙乱那裡見些效驗看看三日光陰那鳳姐和寶玉躺在床上越發連氣都將没了合家人口無不着慌都說没了指望忙着將他二人的後

事衣履都治備下了賈母王夫人賈璉平兒襲人這幾個人更比諸人哭的忘食廢寢覓死尋活趙姨娘賈環等心中自是稱願到了第四日早辰賈母等正捧著寶玉哭時只見寶玉睜開眼說道從今已後我再不在你家了快收什打發我去罷賈母聽了這話如同摘去心一般趙姨娘在傍勸道老太〻也不必過扵悲痛哥兒已是不

中用了不如把哥兒的衣服穿好讓他早些回去也免他些苦只管捨不得他這口氣不斷他在那裡也受罪不安生這些話沒說完被賈母照臉啐了一口唾沫罵道爛了舌頭的混賬老婆怎庅見得不中用了我[你]願意他死了有什庅好處你別作夢他死了我只怕和你們要命都不是你們素日調唆着逼他念書寫字把胆子唬破

了他老子不像個避猫鼠兒都不是你们這起滛婦調唆的這會子逼死了你们隨了心我饒那一個一面哭一面罵賈政在傍聽見這些話心裡越彂着急忙喝退趙姨娘自己上来委究解勸一時又人来回說兩口棺槨都做齊了請賈政出去驗看賈母聽了如火上澆油一般便罵是誰做了棺材一疊連聲只叫把做材的拉来打

死正閙的天翻地覆沒個開交只聽得街
上隱隱的木魚聲響念了一句南無解冤
孽菩薩有那人口不利家宅顛傾或逢凶
險或中邪祟者我們善能醫治賈母王夫
人聽見這些話那裡還忍得住便命人快
請進來賈政雖不自在耐賈母之言如何
違拗只得命人請了進來衆人舉目看時
原來是一個癩頭和尚與一個跛足道人

只見那和尚怎生模模樣

鼻如懸胆兩眉長　目似明星蓄寶光

破衲芒鞋無住跡　腌臢更有滿頭瘡

那道人又是一個模樣但見

一足高来一足低　渾身帶水又拖泥

相逢若問家何處　都在蓬萊弱水西

賈政問道你道友二人在那廟焚修那僧

笑道長官不須多話因聞得府上人口不

利故特来醫治賈政道到有兩個人中邪不知你們有何符水那道人笑道你家現有希世奇珍如何還問我們有符水麽賈珍聽這話有因心中便動了因說道小兒落草時帶了一塊寶玉下来上面說能除邪祟誰知竟不靈驗那僧道長官你那裡知道那物的妙用只因他如今被聲色貨利所迷故不靈驗了你今且取他出来待

我们持頌只怕就好了賈政聽說便向寶玉項上取下那玉来遞與他二人那和尚接了過来擎在上掌長嘆一聲道青埂峯一別展眼已過十五載矣人世光陰如此迅速塵緣已滿大半了你當初的那段好處 天不拘兮地不羈 心頭無喜亦無悲 却因煅煉通靈後 便向人間覓是非 可歎你今日這番经歷 粉漬脂痕

污寶光　綺櫳晝夜困鴛鴦　沉甜一夢
終須醒　冤業償清好散場

念畢又摩美一回說了些瘋話遞与賈政道此物已靈不可褻瀆懸于卧室上檻將他二人安放一室之內除親身妻母外不可使陰人沖犯三十三日後包管身安病退復舊如初說着回頭便走了賈政趕着還說話讓他二人坐了吃茶要送謝禮他

二人早已岀去了賈母等還只管着人去趕那裡有個踪影少不得依言將他二人就安放王夫人卧室之內將玉懸在门上王夫人親自守着不許別人進来直到晚間他二人方漸〻的醒来説腹中飢餓賈母王夫人如得了真寶一般遂熬了米湯来与他二人吃了精神漸長邪氣稍退一家子纔把心放下来了李宫裁林黛玉平

見襲人等在外打聽消息聞得吃了米湯
省了人事别人未開口林黛玉先就念了
一聲阿弥陀佛薛寶釵便回頭看了他半
日嗤的一咲别人都不會意賈惜春道寶
姐〻好〻的咲什庅寶釵咲道我咲如来
佛比人還忙又要講经説法又要普度衆
生這如今寶玉鳳姑娘病了又燒香還願
賜福消災今兒纔好些又管林姑娘的姻

緣了你說他的可笑不可笑林黛玉不覺
紅了臉啐了一口道你們這起爛了嘴的慣
會拿人取笑等着且聽下冊分解

石頭記第二十六回

蘅蕪院設言傳密語
瀟湘館春困發幽情

話說寶玉養過了三十三天之後不但身體強壯亦且連臉上瘡痕平服（復）仍回大觀園去不在話下原來近日寶玉病的時節賈芸帶着家下小廝坐更看守晝夜在這里那紅玉同衆了嬛也有在這裡守着寶

玉的相見多日彼此漸々熟了那紅玉見
賈芸手裡拿的手帕子像是自家前日失
的待要問他又不好問他又可巧那和尚
道士来過之後照舊用不着男人了賈芸
仍種樹去了這件事待要放下心々下又
不安欲問去又怕人猜疑正在猶疑不決
這日正在沉音之間忽聽窗外問道紅姐
姐在屋裡沒有紅玉聽了便知是小丫頭

子佳蕙因說道寳二爺没在家你進来罷佳蕙聽說跑進来就坐在床上道我幾剛在院子裡洗東西寳二爺叫人往林姑娘那里送茶葉去花大姐〻叫我送了去可巧老太〻那里給林姑娘送日用錢来正分給丫頭們呢見我去了林姑娘就抓了兩把錢給我也不知多少你給我收着便把手帕打開把錢倒出来紅玉替他一五一

十的數了佳蕙道你這一程子心里到底
覺怎麼樣依我說你竟家去住兩天請個
大夫來瞧瞧吃兩劑藥就好了紅玉道那
里的話好好的家去作什麼佳蕙道林姑
娘生的弱時常他吃藥你就和他要些來
吃也是一樣紅玉道胡說藥也是混吃得
的佳蕙道你這麼著不是個長法兒又懶
吃懶喝的終久怎麼樣呢紅玉道怕什麼

還不如早些死了到干淨佳蕙道好〻的怎庅說這些話紅玉道你那里知道我心裡的事佳蕙点頭想了一會可也怨不得這個地方難站就像昨兒老太〻因寶玉病了這些日子說跟著伏侍的這些人都辛苦了如今身上好了各處還完了願叫把跟的人都按著等兒賞他們我們算年紀小上不去我們這幾個不得我也不抱

怨像你也不筭在裡頭我心裡就不服襲人那怕得十分子也不惱他原該的說着良心話誰還敢比他呢別說素日殷勤小心便是不殷勤小心也拚不得可恨晴雯綺霞他們幾個都筭在上等里去仗着老子娘的臉面衆人都捧着他們你說可氣不可氣紅玉道也不犯氣他們俗語說的好千里搭長棚沒個不散的筵席誰混一

輩子呢不過三年五載各人幹各人去了誰還認得誰呢這兩句話不覺打動了佳蕙由不得眼睛紅了又不好意思好端端的哭只得免強笑道你這話說的却是昨兒寶二爺還說明兒怎麽樣收什房子怎麽樣作衣裳到像有幾萬年的熬頭紅玉聽了冷笑了兩聲方要說話只見一個未留頭的小丫頭子走進來手裡拿著些花

樣子並兩張紙說道這是兩個樣子叫你描出來呢說著向紅玉擲下回身就跑了紅玉向外問道到是誰的也不等說完就跑外有誰蒸下饅首等著你怕冷了不成那小丫頭在窗外只說得一聲是綺大姐姐的抬起腳來咕咚〻〻又跑了紅玉便賭氣把那樣子擲在一邊向抽屜內找筆找了半天都是禿了的因說道前兒一

找新筆放在那里了怎庅一時想不起来
一面說一面出神想了一會方咲道是了
前兒晚上鶯兒拿了便向佳蕙道你替我
取了来佳蕙道花大姐〻還等著我替他
抬箱子呢你取去罷紅玉道他等著你〻
還坐著閒打牙兒我不叫你取筆去他也
不等著你了壞透了小蹄子說着便自己
走出房来出了怡紅院一逕往寶釵院內

来剛至沁芳亭畔只見寶玉的奶娘李嬷
嬷從那邊走来紅玉立住咲問道李奶々
你老人家那去了怎庅從這裡来李嬷々
站住將手一拍道你説説好々的又看上了
那個種樹的什庅雲哥兒雨哥兒的這會
子逼了我叫他来明兒叫上房裡聽見可
又是不好紅玉咲道你老人家當真的就依
着他去叫了李嬷々道可怎庅樣呢紅玉

咲道那一個要是知好歹的就回不進来
纔是李嬷〻道他又不獃為什麼不進来
紅玉道既是進来你老人家該同着他進
来不然回来叫他一個乱碰可使不的李
嬷〻道我有那樣大工夫和他走不過告
訴了他回来打發個小丫頭子或是老婆
子帶進他来就完了說着拄着拐棍一迳
去了紅玉聽說便站着出神且不去取筆

一時只見一個小丫頭子跑来見紅玉跕
在那邊便問道林姐〻你在這里作什庅
呢紅玉抬頭見是小丫頭墜兒紅玉道那
去墜兒道呌我帶進芸二爺来說着一逕
跑了這裡紅玉剛走到蘅蕪院门前只見
那邊墜兒引着賈芸来了那賈芸一面走一
面拿着眼把紅玉一溜紅玉只粧着和墜
兒說話也把眼睛一溜賈芸四目恰相對

好

時紅玉不覺臉紅了一扭身進蘅蕪院去了不在話下這里賈芸隨着墜兒逶迤来至怡紅院中墜兒先進去回明了然後方令賈芸進去賈芸看時只見院内畧々有幾点山石種着芭蕉那邊有兩支仙鶴在松樹下剔翎一溜迴廊上吊着各色的籠子各色的仙禽異鳥上面小々五间抱厦一色雕鏤新鮮花樣隔扇上面懸着一面

匾額寫道是怡紅快綠四個大字賈芸想道怪道叫怡紅院原来匾上是這四個字正想着只聽裡面隔着紗窓子咲道快進来罷我怎庅就忘了你兩三個月賈芸聽見是寶玉的聲音連忙進入房內抬頭一看只見金碧輝煌文章烱灼却看在那裡一回頭只見左邊立着一架大穿衣鏡從鏡後轉出兩個一般大的十五六歲的丫

頭来說請二爺裡頭屋裡坐賈芸連正眼
也不敢看連忙答應了又進一道碧紗厨
只見小ㄟ的一張填漆床上懸著大紅銷
金撒花帳子寶玉穿著家常衣服靸著鞋
倚在床上拿著一本書看見他進来將書
擲下早堆著咲賈芸忙上前請安寶玉讓
坐賈芸便在地下一張椅子上坐了寶玉
咲道只從那個月見你我叫你往書房裡

來誰知接接連連許多事情就把你忘了
賈芸咲道終是我沒福偏生又遇見叔叔
身上欠安叔叔如今可大安了寶玉道我到聽見
說你辛苦了好幾天賈芸道辛苦也該當
的叔叔大安了就是我們一家子的造化
說著只見有個了嬛到了茶來與他那賈
芸口裡和寶玉說著話眼睛卻瞧那了頭
細條身材容長臉面穿著桃紅襖兒青緞

背心白綾細摺裙子不是別人却是襲人
原来那賈芸只從寶玉病了他在裡頭混
了兩天他都把有名人口都記了一半他
也知道襲人在寶玉房中比別個不同今
見他到了茶来寶玉又在傍邊坐着便連
忙站起来咲道姐〻怎麽替我到起茶来
了我到叔〻這裡又不是客讓我自己到
罷了寶玉道你只管坐着罷丫頭們跟前

也是知這樣賈芸㗒道雖如此說叔〻房裡
的姐〻們我怎麽敢放肆呢一面說一面
坐下吃茶那寶玉便和他說些沒要緊的
散話又說道誰家的戲子好誰家的花園
子好又告訴他誰家的丫頭標緻誰家的
酒席豐盛又是誰家的奇貨又是誰家有
異物那賈芸口裡只得順著他說了一回
見寶玉有些懶〻的了便起身告辭寶玉

也不甚留說你明兒個了只管來仍命小
了頭墜兒送他出去出了怡紅院賈芸見
四顧無人便把脚慢〻的停着些走口裡
一長一短和墜兒說話問他幾歲了名字
叫什庅你父母在那一行當上你在寶二
爺房內幾年了一個月多少錢共總寶二
爺房裡有幾個女孩子那墜兒見問便一
樁〻都告訴他了賈芸又道剛纔那個和

你说話的可呌小紅庅墜兒道他到呌小紅爺問他作什庅賈芸道方纔他問你什庅手帕子我到揀了一塊墜兒聽了咲道他到問了我好幾遍我又沒看見他的手帕子他如今見又問我他说我替他找着了他還謝我呢纔在蘅蕪院口说的二爺也聽見了不是我撒謊好二爺你既揀了給我罷我看他拿什庅謝我原來上月賈

芸進来種樹时便揀了一條手帕便知是
所在園內人失落的但不知是那一個人
的故不敢造次今聽見紅玉向墜兒要便
知是紅玉的了心中却甚喜又見墜兒追
索心中早已得了主意便向袖內將自已
的一塊取了出来向墜兒咲道我給是給
你〻若得了他的謝禮可不許瞞着我墜
兒滿口荅應接了手帕子送出了賈芸回

來找紅玉不在話下 如今且說寶玉打發
了賈芸去後意思懶懶的歪在床上似有
朦朧之態襲人便走上來坐在床沿上推
他說道怎麼又要睡覺若覺悶的慌出去
逛逛寶玉見說便拉他的手笑道我要去
只是捨不得你襲人道快起來罷一面說
一面拉了寶玉起來寶玉道可往那里去呢
怪膩煩的襲人道你出去了就好了只管

這们藏雞心裡越覺煩膩了寶玉無精打彩的只得依他悞出了房门在迴廊上調弄了一回雀兒又去院外順着沁芳溪看了一回金魚只見那邊山坡上兩隻小鹿箭似的跑了來寶玉不解是何意正是納悶只見賈蘭在後面拿着一張小弓追下来一見寶玉在前面便站住了咲道二叔叔在家裡呢我只當出门去了寶玉道你

又淘氣了好〻的射他作什麼賈蘭咲道這會子不念書閒着作什麼所以来演習演習騎射寶玉道把牙栽了那時纔不演習呢順着腳竟来到一個院門前只見鳳尾森森龍吟細〻舉目往門上一看只見匾上寫着瀟湘館三個字寶玉信步走入只見湘簾垂地悄無人聲走到窗前只見一縷幽香從碧紗窗內暗〻的透出寶玉

便走至窗前將臉貼在窗上往裡看時耳
内忽聽得細〻的長嘆了一聲說道每日
家情思睡昏〻寶玉聽了不覺心内痒將
起来再看時只見林黛玉在床上伸懶腰
寶玉在窗外笑道為什麽每日家情思睡
昏〻一面說一面掀簾子進来了黛玉自
覺忘情不覺紅了臉拿袖子遮了臉翻身
向裡粧睡着了寶玉纔走上来要扳他的

身子只見黛玉的奶娘並兩個婆子都上
前来咲着說道爺先請回去妹〻睡覺呢
等醒了再請来剛說著黛玉便翻身坐起
来了咲道誰睡覺呢那兩三個婆子見黛
玉起来便咲道我們只當睡著了呢說着
便叫紫鵑說姑娘醒了進来伺候一面說
一面都去了黛玉坐在床上一面抬手整
理鬢髮一面咲向寶玉道人家睡覺你進

進来作什庅寶玉見他星眼微餳香腮帶赤不覺的神魂早蕩一歪身坐在椅子上咲道你纔說什庅来着黛玉道我没說什庅寶玉咲道給你個榧子吃我都聽見了二人正說着只見紫鵑進来寶玉咲道紫鵑把你們的好茶倒碗我吃紫鵑道那里是好的呢要好的只是等襲人来黛玉道别理他你先給我舀水去罷紫鵑咲道二

爺到底是客自然先倒了茶来再舀水去的是說着到茶去了寶玉笑道好丫頭若着共你多情小姐同鴛帳怎捨得疊被鋪床黛玉撂下臉来說道二哥々你說什麽寶玉笑道我何常說什麽来着黛玉便哭道如今新興的外頭聽了村話来也說給我聽看了混賬書也来拿我取笑兒我成了替爺們解悶的了一面哭着一面下来往

外就走寶玉見他如此不知要怎樣心下慌了忙赶上来咲道好妹〻我一時該死你别告訴去我再要説嘴上長個疔爛了舌頭正説着只見襲人走来説道快回去穿衣裳罷老爺叫你寶玉聽了不覺打了一個焦雷是的顧不得别的急忙回来穿衣服出園来只見茗烟在二门前等着寶玉問道叫我是為什麽茗烟道爺快出来

罷撗竪是見去的到那裡就知道了一面說一面催著寶玉轉過大廳寶玉心裡正自胡疑只聽墻角邊一陣呵呵大笑回頭只見薛蟠拍著手跳出来笑道要不說姨爹叫你你那里出這麼快茗烟也笑著跪下来寶玉怔了半天方解過来是薛蟠哄他出来薛蟠連忙打恭作揖陪笑道又求不要為難了小子都是我逼他去的寶玉

也無法了只好哄道你哄我也罷了怎庅
說我父親呢我告訴姨娘去評〻這個理
可使得使不得薛蟠忙道好兄弟我原求
你快些出来就忘了忌諱這句話改日你
也哄我說我的父親就完了寶玉道噯喲
越發該死了又向茗烟道反叛肏的還跪
着作什庅茗烟連忙叩頭起来薛蟠道要
不是我也不敢驚動只因明兒五月初三

日是我的生日誰知古董行的程日興不知那里尋了来的這麼粗這麼長兩段粉脆的鮮藕著麼大著麼長十分大西瓜這麼長的一尾新鮮活跳的鱘魚這麼大的一個暹羅國進貢的靈柏香燻的暹豬你說他這四樣礼可難得不難得那魚豬不過貴而難得這藕和瓜虧他怎麼種出来的我連忙孝敬了我母親母親趕着給你

們老太〻姨爹姨娘送了些如今留了些我要自己吃恐怕折福左思右想除我之外惟有你還配吃所以特請你來可巧唱曲兒小子又纔來了我同你樂一日何如一面說一面來至他書房中只見詹光程日興胡斯來單聘仁等並唱曲兒的都在這里見他進來請安的問好的都彼此見過了方吃了茶薛蟠即命擺酒來說猶未了

衆小廝七手八脚攞来半天方纔停當於是乎歸坐寳玉果見瓜藕新異因笑道我的壽禮還未送到倒先擾了薛蟠道可是呢明兒你送我什庅寳玉道我可有什庅可送的若論銀錢吃穿等類的東西究竟還不是我的惟有或寫一張字畫一張畫纔是我的心薛蟠笑道你提畫兒我纔想起来了昨兒我看見人家一卷春宫畫的

着實好上面還有许多字我也没细看只
看落的款原来是庚黄画的真〻好的了
不得寶玉聽説心下猜疑道古今字畫也
都見過些那里有個庚黄想了半天不覺
笑将起来命人取過筆来在手心裡寫了
兩個字又问薛蟠道你看真了是庚黄薛
蟠道怎庅看不真寶玉将手一撒與他看
道别是這兩個字罷其實与庚黄相去不

遠衆人都看時原来是唐寅兩個字都咲道想必是這兩個字大爺一時眼花了也未可知薛蟠只覺無意思咲道誰知他糖銀菓銀的正説着小廝来回馮大爺来了寶玉便知是神武將軍馮唐之子馮紫英来了只見馮紫英一路説笑已經進来了衆人忙起席讓坐馮紫英咲道好呀也不出门了在家中高樂寶玉薛蟠道一向少

會老世伯身上康健馮紫英答道家父到
也托庇康健近来家母偶着了些風寒不
好了兩天薛蟠見他面上有些青傷便咲
道這臉上又和誰揮拳来著掛了幌子了
馮紫英咲道從那一遭把仇都尉的兒子
打傷了我就記了再不嘔氣如何又揮拳
這個臉上是前日打圍在鐵網山被兎鹘
捎了一翅膀寶玉道幾時的話紫英道三

月二十八日去的前兒初六就回來了寶
玉道怪道前兒初三四兒我在
會席沒見你呢我要問不知怎麼就忘了
單你去了還是老世伯也去了紫英道可
不是家父去我沒法兒去罷了難道我閒
瘋了偺們幾個人吃酒聽戲的不樂尋那
個苦惱去這一次大不幸之中又大幸薛
蟠衆人見他吃完了茶都說道且入席話

慢〻的說紫英聽說便立起身来說道論
理我該陪飲幾盃纔是只是今兒有一件
大〻要緊的事回去還要見家父面回寔
不敢領薛蟠寶玉衆人都不肯依死拉著
不放馮紫英笑道這又奇了你我這些年
那一回有這個道理的果然不能尊命若
必定叫我領拿大盃来我領兩盃是了衆
人聽說方只得罷了薛蟠執壺寶玉把盞

好

斟了四大海盃那馮紫英站着一氣而盡寶玉道那不幸之幸說完了再走馮紫英咲道今兒說的也不盡興我為這個還要特治一東請你們去細談一談二則還有所懇之處說着執手就走薛蟠道越發說的人熱剌々的丟不下多偺晚纔請我們告訴了也免的人猶疑馮紫英道多則十日少則八天一面說一面出門上馬去了

衆人回来依席飲了一回方散寶玉回至園中襲人正記掛他去見賈政不知是禍是福只見寶玉醉醺〻回来問其緣故寶玉一〻向他說了襲人道人家牽腸掛肚的等着你〻且高樂去了也到底打發人来給個信兒寶玉道我何嘗不要送信兒来着只因馮世兄来了就混忘了正說着只見寶釵走進来咲道偏了我們新鮮東

西了寶玉笑道姐々家的東西自然先偏
了我們了寶釵搖頭笑道昨兒我哥々倒
特々的請我吃我不吃吽他留着送人請
人罷我知道我的命小福薄不配吃那個
説着丫嬛倒了茶來説閒話兒不在話下
却説林黛玉聽見賈政吽了寶玉去一日
未回來心中也替他憂慮至晚飯後聞得
寶玉來了心中要找他問他是怎麽樣剛

出了门只見寶釵進寶玉的院子去了自
己也便隨後走了來剛到了沁芳橋只見
各色水禽都在水中浴水也認不出名色
來但見一個〻文彩炫耀好看異常因而
站住看了一會再往怡紅院來只見院门
關着黛玉便以手扣门誰知晴雯碧痕正
拌了嘴沒好氣忽見寶釵來那晴雯正把
氣移在寶釵身上正在院內報怨說有事

没事跑了来坐着叫我們三更半夜也不得睡覺忽聽又有人叫門晴雯越發動了氣並不問是誰便說道都睡下了明兒再来罷黛玉素知丫頭們情性彼此頑耍慣了的恐怕院内的丫頭没聽真是他的聲音只當是别的丫頭們所以不開門因而又高聲說道是我還不開呢晴雯偏又没聽出来便使性子說道憑你是誰二爺吩

咐的一概不許放人進来呢黛玉聽了不
覺氣怔在门外待要高聲与他闘起氣来
自已又回思起来雖說是舅母家同自己
家一樣到底是客邊如今父母雙亡無倚
無靠現在他家依棲要如此認真淘氣也
覺無趣一面想一面滾下淚来正是回去
不是站着不是正沒主意只聽裡面一陣
笑語之聲細聽了一聽竟是寶釵寶玉二

人黛玉心中越發動了氣左思右想忽然
想起早起的事來必定是寶玉惱我告他
原故但只是我何常告你去了你也不打
聽打聽竟惱我到這個田地你今兒不叫
我進去難道明兒就不見面了越想越傷
感起來也不顧蒼苔露冷花徑風寒獨立
墻角邊花陰之下悲〻切〻嗚咽起來原
來這林黛玉秉絕代姿容具希世俊美不

期這一哭那副近柳枝花朵上的宿鳥棲

鴉忽聞此聲俱忒楞楞飛遠避不忍再聽

真是花魂默默無情緒鳥夢遲遲何處驚

因有一首詩道

顰兒才貌世應稀　須抱幽芳出繡閨

咽嗚一聲猶未了　落花滿地鳥驚飛

那黛玉正自啼哭忽聽吱嘍一聲院門開

處不知是那一個且聽下回分解

石頭記第二十七回

滴翠亭楊妃戲彩蝶
埋香塚飛燕泣殘紅

話説林黛玉正自悲泣忽聽院门响處只見寶釵出来了寶玉襲人一群人送了出来待要上去问着寶玉又恐當着衆人问羞了他一時逼出氣来不便因而閃過一傍讓寶釵去了寶玉等進去開了门方轉

過来猶望著门邊了幾点泪自覺無味方轉身回自己房內来無精打彩的卸了殘粧紫鵑雪雁素日知道黛玉的性情無事悶坐不自是愁眉便自是泪眼且好端ヽ的不知為著什麼常ヽ的便自泪自歎的先時還有人解歎劝或怕他思父母想家鄉受了委屈只得用話寬慰解勸誰知後来一年一月的竟常ヽ如此把這個樣兒看慣了

都不理論所以也没人去問由他去悶坐只管睡覺去了那黛玉倚着床上的欄杆兩手抱膝眼睛含着淚好似木雕泥塑的一般直坐到二更多天方纔睡了一宿無話至次日乃是四月二十七日原來這日未時交芒種節尚上古風俗凡交芒種節的這日都要設擺各色禮物祭餞花神言芒種一過便是夏日了衆花皆卸神々退位

須要餞行然閨中更興這個風俗所以次日大觀園中之人早起来了那些女孩子們或用花瓣柳枝編成轎馬的或用綾錦紗羅疊成旄尾執事的都用彩線繫了每一顆樹每一枝花上都繫了這些物事滿園裡繡帶飄颻花枝招展更兼這些人打扮的桃羞杏讓燕妒鶯慚一時也道不盡且說寶釵迎春探春惜春李紈鳳姐等並

巧姐大姐香菱與衆丫嬛們在園內頑耍獨不見林黛玉迎春因說道林妹〻怎庅不見好個懶了頭這會子還睡覺不成寶釵道你們等著等我去閙了他來說著便一直往瀟湘館來正走着只見文官等十二個女孩子也來了上來請了安說了一回閑話寶釵回身指道他們都在那裡呢你們找他們去罷我呌林姑娘去就來說

著便迤逶来至瀟湘館忽然抬頭見寶玉進去了寶釵便站住低頭想了一想寶玉與黛玉是從小兒一處長大的他兄妹間多有不避嫌疑之處嘲咲喜怒無常況且黛玉素昔猜忌好弄小性兒的此時自己也跟隨進去一則寶玉不便二則恐黛玉嫌疑罷了到是回去的妙想畢抽身回来剛要尋別的姊妹去忽見前面一雙出色

的蝴蝶大如團扇一上一下迎風翩躚十
分有趣寶釵意欲撲了下来頑耍遂向袖
中取出扇子来向草地下撲只見那一雙
蝴蝶忽起忽落将欲過河去了引的寶釵
躡手躡足的一直跟到池中滴翠亭上香
汗淋漓嬌喘細〻總不曾撲着寶釵也無
心撲了剛欲回来只聽得滴翠亭裡邊戚
戚喳〻有人説話原来這亭子四面是遊

廊蓋在池中水上向東是門三面皆是雕
鏤槅子糊著紙寶釵在亭外南廊上聽見
說話便心中犯疑煞住脚往裡細聽只聽
說道你瞧〻這手帕子果然是你丟的那
塊你就拿著要不是就還芸二爺去又有
一人說話道可不是我那塊拿來給我罷
又聽道你拿什麼謝我呢難道白找了來
不成又答道我既許了謝你自然不哄你

又說我找了来給你〻自然謝我但只是揀了的人你就不拿什庅謝他庅又回道你別胡說他是個爺們家揀了我們的東西自然該還我們的叫我拿什庅謝他呢又聽說道你不謝他我怎庅回他話呢況且他再三再四的和我說了若沒謝的不許我給你呢半晌又聽答道也罷了拿我這個給他筭謝他的罷你要告訴別人呢

須說個誓又听說道我要告訴一個人就長一個疔日後不得好死又聽說道嗳喲咱们只顧說話看有人來悄悄的在外頭聽見不如把這隔子都推開便是有人看見咱們也在這裡他們只當我們說閒話呢若走到跟前咱们也看的見就別說了寶釵在外面聽見這話心中總吃驚想道怪道從古至今那些奸淫狗盜的人心

机都不錯這一開了隔子見我在這里豈不臊了况纔說話的語音大似寶玉房裡的紅兒言語他素習眼空心大是個頭等刁鑽古怪東西今兒是我聽了他的短兒一時人急造反狗急跳墻不但生事而且我還沒趣如今赶著躲了料也躲不及少不得要使個金蟬脫殼的法子猶未想完只聽咯吱一聲寶釵便故意放重些脚步

咲道（看呀）顰兒我看你往那裡藏一面說一面
故意往前趕那亭內的紅玉和墜兒剛一
推窗只聽寶釵如此說着又往前趕兩個
人都唬怔了寶釵反向他二人咲道你們
把林姑娘藏在那里了墜兒道何曾見林
姑娘了寶釵道我纔在河那邊看着林姑
娘在這裡蹲着弄水頑呢我要悄〻的唬
他一跳還沒有走到跟前他倒看見我了

他朝東一繞就不見了別是藏在裡頭了一面說一面故意進去尋了一尋抽身就走口內說道一定又鑽在山子里去了遇見蛇咬一下子也罷了一面說一面走心中又好笑這件事算遮過去了不知他二人是怎樣誰知紅玉聽見寶釵說的話便信以為真讓寶釵去遠便拉墜兒說道了不得了林姑娘蹲在這裡一定聽了話去

了墜兒聽說也半日不言語紅玉又道這
可怎麽樣呢墜兒道便聽見了管誰筋疼
各人幹各人的就完了紅玉道若是寶姑
娘聽見還罷了林姑娘嘴裏又愛刻薄
人心裏又細他一聽見了倘或走漏了怎
麽樣呢二人正說着只見文官香菱司棋
侍書等上亭子来二人只得掩住這話且
和他們頑笑只見鳳姐兒站在山坡上招

手叫紅玉紅玉連忙棄了眾人跑至鳳姐
跟前堆著笑問道奶奶使喚我作什麼事
鳳姐打諒了一打諒見他生的干淨俏麗
說話知趣因笑道我的丫頭今兒沒跟進
我來我這會子想起一件事來要使喚個
人出去不知你能幹不能幹說的齊全不
齊全紅玉笑道奶奶有什麼話只管吩咐
我說去若說的不齊全悞了奶奶的事憑

奶〻責罰奴才就是了鳳姐咲道你是那
位小姐房裡的我使你出去他回来找你
我好替你說紅玉道我是寶二爺房裡的
鳳姐聽了咲道噯喲你原来是老二房里
的怪道呢也罷了等他問我替你說你到
我們家告訴你平姐〻外頭屋裡桌子上汝
窑盤子架兒底下放着一卷銀子那是一
百二十兩給綉匠的工價等張才家的来

要當面稱給他瞧了再給他拿去再裡頭屋里床上有一個小荷包拿了來紅玉聽說撤身去了回來只見鳳姐不在這山坡上了因見司棋從山洞里出來站着繫裙子便趕上問道姐〻沒看見二奶〻往那去了司棋道沒理論紅玉聽了抽身又往四下裡一看只見那邊探春寶釵在池邊看魚呢紅玉上來咲問道姑娘們可知道

二奶〻那去了探春道往你大奶〻院里
找去紅玉聽了徑往稻香村來頂頭只見
晴雯碧痕紫鵑麝月侍書入畫鶯兒等一群
人來了晴雯一見了紅玉便說道你只是
瘋罷院子里花兒也不澆雀兒也不喂茶炉
子也不籠就在外頭閑蹊罷紅玉道昨兒
二爺說了今兒不用澆花隔一日澆一回
罷我喂雀兒的時候姐〻還睡覺呢碧痕

道茶爐子呢紅玉道今兒不該我該的班
兒有茶沒茶別問我綺霞道你听〻他的
嘴你們別說了讓他賺去罷紅玉道你們
再問〻我賺了沒賺二奶〻使喚我說話
取東西来●着說着將荷包舉給他們看
方不言語了大家分路走開晴雯冷笑道
怪不得原来爬上高枝兒去了把我們不
放在眼裡不知說了一句話半句話名兒

姓兒知道了不曾呢就把他興的這個樣
兒了這一遭兒半遭兒算不得什麽過了
後兒還得听呵呢有本事從今兒出了這
園子長長遠遠的在高枝兒上纔算得呢
一面說着去了這裡紅玉聽說不便分証
只得忍着氣兒來找鳳姐兒到了李氏房
中果見鳳姐兒在這裡和李氏説話兒呢
紅玉上来回道平姐姐説奶奶剛出来了

他就把銀子收起来了纔張才家的来取
當面秤了給他拿去了說着將荷包遞了
上去又道平姐〻叫我回奶〻纔旺兒進
来討奶〻的示下好往那家子去平姐〻
就把那話按着奶〻的主意打發他去了
鳳姐咲道他怎麽按着我的主意打發去
了紅玉道平姐〻說我們奶〻問這里奶
奶好原是我們二爺不在家雖然遲了兩

天只管叫奶〻放心等五奶〻好些我們
奶〻還會了五奶〻来瞧奶〻呢五奶〻
前兒打發人来說舅太〻帶了信来問奶
〻好還要和這里姑奶〻尋幾丸子胎產
金丹若有了奶〻打發人只管送在我們
奶〻這里来明兒有人去就順路給那邊舅
太〻帶去話未說完李氏道噯喲〻這話
我就不懂了什麽奶〻爺〻的一大堆風

姐咲道怨不得你不懂這是四五门子的
話呢說着又向紅玉咲道好孩子難為你
說的齊全別像他們扭〻捏〻蚊子是的
嫂子不知道如今除了我隨手使的幾個
了頭老婆子外我就怕和別人說話他們
必定一句話拉長了作兩三截兒咬文嚼
字拿着腔兒哼〻急的我冒火他們那里
知道先時我們平兒也是這麽着我就問

着他難道必定粧蚊子哼〻就是美了說
了幾遭纔好些兒了李宮裁笑道都像你
潑皮破落戶纔好鳳姐又道這一個丫頭
就好方纔兩遭兒說話雖不多聽那口聲
就簡斷說着又向紅玉笑道你明兒伏侍
我去罷我認你作乾女孩兒我一調理你
就出息了紅玉聽了噗哧一笑鳳姐道你
怎麼笑你說我年輕比你能大幾歲就作

你的媽了你做春夢呢你打聽打聽這些
人裡頭比你大的大的趕着我叫媽我還
不理呢今兒抬舉你了紅玉咲道我不是
咲這個我咲奶〻錯認了輩數了我媽是
奶〻的女兒這會子又認我作女兒鳳姐
道誰是你媽李宮裁咲道你原來不認得
他〻是林之孝的女兒鳳姐聽了十分詫
異意因說道哦原來是他的了頭又咲道林

之孝两口子都是一錐子扎不出一聲兒
来的我成日家說他们到是配就了的一
對夫妻一個天聾一個地啞那里承望養
出這庅個伶俐丫頭来你十幾了紅玉道
十七了又問名子叫什庅紅玉道原叫紅
玉来着因為重了寶二爺如今只叫紅兒
了鳳姐聽說將眉一皺把頭一回說道討
人嫌狠得了玉的濟事的你也玉我也玉

因說道既這麼着上月我還和他媽說如今事多也不知這府裡誰是誰的人你替我好々的挑兩個丫頭我使他一般的答應着他饒不挑到把他的女孩兒送了別處去難道跟我必定不好李氏笑道你可是又多心了他進來在先你說在後怎麼怨得他媽鳳姐道既這麼着明兒我和老二說叫他再要人叫這個丫頭跟我去可

不知他本人愿意不願意红玉笑道願意不願意我们也不敢說只是跟着奶〻我们也學些眉眼高低出入上下天下的事也得見識〻〻刚說着只見王夫人的丫頭来請鳳姐便辭了李宫裁去了红玉回怡红院去不在話下如今且說林黛玉因夜间失寐次日起来遲了闻得衆姊妹都在園中作餞花會恐人笑他痴懶連忙梳洗

了出来剛到了院中只見寶玉進门来了
咲道好妹〻你昨日可告了我不曾吽我
懸了一夜心林黛玉便回頭吽紫鵑道把
屋子收什了看那大燕子回来把簾子捲
起来拿獅子倚住门燒了香就把炉罩上
一面說一面又往外走寶玉見他這樣還
認作是昨日中晌的事那里知道晚间這
一段公案還打恭作揖的黛玉正眼也不

看各自出了院门一直找到别的姊妹去
了寳玉心中納悶自己猜疑看起這個光
景来不像是為昨兒的事但只是我昨兒
回来的晚了又沒有見他再沒有冲撞了
他的去處一面想一面猶(由)不的追了来只
見寳釵探春正在那邊看舞鶴見林黛玉
去(来)了三個一同站着說話兒見寳玉来了
探春便笑道二哥々身上好我整々三天

没見你了寶玉咲道妹〻身上好我前兒
還在大嫂跟前問你呢探春道二哥〻你
往這里来我和你說句話寶玉聽說便跟
了他離了釵玉兩個到了一棵石榴樹下
探春因說道這幾天老爺可叫你来着没
有寶玉咲道没有叫探春道昨兒我恍惚
聽見說老爺叫你出去的寶玉咲道那想
是別人聽錯了並没叫探春又咲道這幾

個月我又趲下十来吊錢了你還拿了去明兒出门逛去的時候或是好字好輕巧頑意兒替我帶幾樣来寶玉道我這庅城裡城外大廊大廟的逛也沒見個新奇精緻東西左不過是那些金玉銅磁沒處撂的古董再就是綢緞吃食衣服了探春道誰要這些作什庅像你上回買的那柳枝兒編的小籃子整竹子根摳的小盒子膠泥

垛的風炉就都好我喜歡的什麼是的誰知他們都愛上了都當寶貝是的搶了去了寶玉咲道原来要這個這不值什麼拿五百錢出去給小子們管拉兩車来探春道小子們知道什麼你揀那朴而不俗真而不拙的這些東西你多的替我帶了来我還像上回的鞋作一雙你穿比那雙還加工夫如何呢寶玉咲道你提起鞋来我

想起故事来那一回我穿著可巧遇見了老爺就不受用問是誰做的我那里敢提三妹〻三個字我就回說道前兒我生日是母舅給的老爺聽了是母舅給的纔不好怎庅着半日還說何苦来虛耗人力作踐綾羅做這樣的東西我還来告訴了襲人襲人就道這還罷了趙姨娘氣的報怨的了不的正經環兄弟鞋搭拉襪搭拉的

没人看的見且做這些東西探春聽說登
時放下臉來道這話糊塗到什麼田地上
怎麼我是該做鞋的人麼環兒難道沒有
分例的沒有人的衣裳是衣裳鞋襪是鞋
襪丫頭老婆一屋子怎麼報怨這些話給
誰聽呢我不過閒着沒事做一雙半雙給
那個哥哥兄弟隨我的心誰敢管着我不
成這也是他氣的寶玉聽了點頭笑道你

不知道他心里自然又有個想頭了探春
聽說越發動了氣將頭一扭說道連你也
糊塗了他那想頭自然是有的不過是那
陰微鄙賤的見識他只管這庅想我只管
認得老爺太〻兩個人別人我一概不管
就是姊妹弟兄跟前誰和我好什庅偏的
庶的我也一概不知道論理我不該說他
但是他特昏憒的不像了還有笑話呢就

是上回我給你那錢替我帶來的那碩的
東西過了兩天他見了我也是說沒錢怎
麽苦怎麽難我也不理論誰知後来丫頭
们出去了他就抱怨起我来說我攢的為
什麽給你使到不給環兒使我聽了這話
又好咲又好氣我就出来往太〻跟前去
了正說著只見寶釵那邊咲道說完了来
罷顯見的是哥〻妹〻了丟下別人且說

搽配去我们聽一句就使不得了說着探
春寶玉二人方咲着来了寶玉因不見林
黛玉便知他躲了自已别處去了待要找
他去又想索性遲兩天等他的氣嘆（消）一嘆（消）
再去也罷了因低頭看見許多鳳仙石榴
等各色落花錦重〻的落了一地因嘆道
這是他心里生了氣也不收拾這花兒来
了待我送了去明兒再問着他説着只見

寶釵約着他們往外頭去寶玉道我就来
說畢等他二人去遠了他便把衣兜了起来
登山涉水過樹穿花一直奔了那日林黛
玉葬桃花的去處来將已到了花墓猶未
轉過山坡只聽山坡那邊嗚咽之聲一行
數落着哭的好不傷感寶玉心下想道這
不知是那房里的了頭受了委屈曲跑了這
個地方来哭一面想一面煞住脚步听他

哭道是
花謝花飛花滿天，紅消香斷有誰憐
遊絲軟繫飄春榭，落絮輕沾撲綉簾
簾中女兒惜春莫，愁緒滿懷無處訴
手把花鋤出綉閨，忍踏落花來復去
柳絲榆莢自芳菲，不管桃飄與李飛
桃李明年能再發，明年閨中知有誰
三月香巢已壘成，樑間燕子太無情

明年花發雖可啄

却不道人去樑空窠也傾

一年三百六十日

風刀霜劍嚴相逼

明媚鮮妍能幾时

一朝飄泊難尋覓

花開易見落難尋

階前悶殺葬花人

獨把香鋤泪暗洒

洒上空枝見血痕

杜鵑無語正黃昏

荷鋤歸去掩重门

青燈照壁人初睡

冷雨敲窗被未温」
「怪奴底事倍傷神
半為憐春半惱春
憐春忽至惱忽去
至又無言去不聞」
「昨宵庭外悲歌發
知是花魂與鳥魂
花魂鳥魂總難留
鳥自無言花自羞」
願奴脇下生雙翼
隨花飛到天盡頭
天盡頭何處有香坵
未若歸囊收艷骨
一盃冷土掩風流
質本潔來還潔去
强於污淖陷渠溝

你今死去儂收葬　未卜儂身何日亡
儂今葬花人笑癡　他年葬儂知是誰
試看春殘花漸落　便是紅顏老死時
一朝春盡紅顏老　花落人亡兩不知

冊

寶玉聽了不覺癡倒要知端的下回分解

石頭記第二十八回

蔣玉菡情贈茜香羅
薛寶釵羞籠紅麝串

話說林黛玉只因昨夜晴雯不開門一事錯疑在寶玉身上至次日又可巧遇見餞花之期正是一腔無明正未發洩又勾起傷春愁思因把些殘花瓣兜去掩埋由不得感花傷己哭了幾聲便隨口念了幾句

不想寳玉在山坡上聽見先不過點頭感歎次後聽到儂今葬花人咲痴他年葬儂知是誰一朝春盡紅顏老花落人亡兩不知等語不覺痛倒山坡之上懷裡兜的落花撒了一地試想林黛玉花顏月貌將来亦到無可尋覔之時寧不心碎腸斷既黛玉終歸於無可尋覔之時則自已又安在哉自身尚不知何往則斯處斯園斯花斯柳又

不知當屬誰姓矣因此一而二二而三反復推求了去真不知此時此際欲為何等蠢物杳無可知逃出大造脫離塵網使〔始〕可解釋這段悲感正是花影不離身左右鳥聲只在耳東西那黛玉正是傷感忽聽山坡上有悲聲心下想道人人都笑我有些癡病難道還有一個癡子不成想著抬頭一看只見寶玉坐在山坡上哭呢黛玉看

見便說道啐我當是誰原来是這個狠心短命的剛說到短命二字上又把口掩住長嘆一聲自己抽身便走了這裡寶玉痛哭了一回忽抬頭不見了黛玉便知黛玉看見他躲開了自己也覺無味抖去落花起来下山尋歸舊路往怡紅院来可巧看見林黛玉在前頭走連忙趕上說道你且站住我知道你不理我我只說一句話從

今已後撂開手黛玉回頭見是寶玉待要不理他聽他說只說一句話從此撂開手這話裡有文章少不得站住說道若是一句話請說来寶玉笑道兩句話了你聽不聽黛玉聽說回頭就走寶玉在後面歎道既有今日何必當初黛玉聽見這話由不得站住回頭問道當初怎庅樣今日怎庅樣寶玉笑道當初姑娘来了那不是我陪

着頑笑憑我心爱的姑娘要就拿了去我
吃的聽姑娘也爱吃連忙乾〻净〻的收
着等着姑娘吃一棹子吃飯一床上睡覺
丫頭們想不到的我怕姑娘生氣我替丫
頭們想的到我心里想着姊妹們從小兒
長大的親也羅熱也羅和氣到頭兒纔見
得比人將如今誰承望姑娘人大心大不
把我放在眼睛里到把外四路的什庅寶

姐〻鳳姐〻的放在心坎上到我三日不理四日不見的我又沒個親兄弟親姊妹雖然有兩個你難道不知道是和隔母的我也和你是獨出只同我的心一樣誰知我是白操了這個心弄的有冤無處訴說着不覺滴下眼淚来黛玉耳内聽了這话眼内見了這形景心内不覺灰了大半也不覺滴下淚来低頭不語寶玉見他這般形景

涎臉不堪

遂又說道我也知道我如今不好了但只是憑他怎麽不好萬不敢在妹妹跟前有錯處便有一二分錯處你到是或教導我戒我下次或罵我兩句打我兩下我都不灰心誰知你總不理我叫我摸不着頭腦少魂失魄不知怎麽樣纔是就便死了也是個屈死鬼任憑高僧高道懺悔也不能超生還得你伸明了原故我纔得托生呢

黛玉听了這話不覺將昨晚的事都忘在九霄雲外了便說道既這麼說昨兒為什麼我去了你不叫了頭開门寶玉咤意（旁注：咤異）道這話從那裡說起我要是這麼樣立刻就死了林黛玉啐道大清早起死呀活的也不忌諱你說有呢就有沒有就沒有起什麼誓呢寶玉道實在沒有見你去就是寶姐姐坐了一坐就出來了黛玉想了一想

道是了想必是你的了頭們懶待動喪聲
惡氣也是有的寶玉道想必是這個緣故
等我回去問是誰教訓〻〻他们就是了
黛玉道你的那些姑娘们也該教訓教訓
只是論理不該我説今兒淂罪了我的事
小倘或明兒寶姑娘来什麼貝姑娘来也
淂罪了事情豈不大了説着抿着嘴笑寶
玉聽了又是咬牙又是笑二人正説話只

二一一四

見了頭來請吃飯遂都往前頭來了王夫人見了林黛玉因問道大姑娘你吃那鮑太醫的藥可好些黛玉道也不過這麼着老太太還叫我吃王大夫的藥呢寶玉道太太不知道林妹妹是内症先天生的弱所以禁不住一點風寒不過吃兩劑煎藥疏散了風寒還是吃丸藥的好王夫人道前晚大夫說了個丸藥的名子我也忘了寶

玉道我知道那些丸藥不過叫他吃那什
麽人參養榮丸王夫人道不是寶玉又道
八珍益母丸左歸右歸再不就是請味地
黃丸王夫人道都不是我只記得有個金
剛兩個字寶玉扎手咲道從來沒聽見有
個什麽金剛丸若有了金剛丸自然有菩
薩散了說的滿屋裡人都咲了寶釵抿嘴
咲道想是天王補心丹玉夫人咲道是這

個名兒如今我也糊塗了寶玉道太〻到不糊塗是叫金剛菩薩支使糊塗了王夫人道扯你娘的燥又欠你老子搥你了寶玉咲道我老子再不為這個搥我的王夫人又道既有這個名子明兒就叫人買些來吃寶玉道這些〻藥都不中用的太〻給我三百六十兩銀子我替妹〻配一料丸藥包管一料不完就好了王夫人道放屁

好　好

什庅藥就這庅貴寶玉笑道當真的呢我這個方子比別的不同那個藥名兒也古怪一時也說不清只講那頭胎紫河車人形帶葉參龜大的何首烏千年招根茯苓胆諸如此類的藥都不筭為君的藥說起來唬人一跳前兒薛大哥哥求了我二三年我纔給了他這方子他拿了方子去又尋了二三年花了有上千的銀子纔

好　好

配成了太〻不信只問寶姐〻寶釵聽說
笑著搖手兒說道我不知道也沒聽見你
別叫姨娘問我王夫人笑道到底是寶丫
頭好孩子不撒慌寶玉站在當地聽見如
此說一回身把手一拍說道我說的到是
真話呢到說我撒慌口裡說著忽一回身
只見黛玉坐在寶釵身後抿嘴笑用手指
頭在臉上畫著羞他鳳姐因在裡間屋裡看

著人放桌子聽如此說便走出来咲道寶兄弟不是撒慌這到是有的上月薛大哥哥親自来和我尋珍珠我問作什麼他說是配藥他還報怨說不配也罷了如今那裡知道這麼費事我問他什麼藥他說是寶兄弟的方子說了多少藥我也沒工夫聽他說要不是我也買幾顆珍珠了只是定要頭上戴過的所以来尋說妹〻就沒

散的花兒上也得掐下来過後兒我揀好的再給妹妹穿了来我沒法兒把那兩支珠花兒現拆了給他還要了三尺上用大紅紗去乳鉢乳了隔面子用鳳姐說一句那寶玉念一句佛說太陽照在屋子裏呢鳳姐說完了寶玉又道太太想這還是將就呢正經按那方子這珍珠寶石定要古墳裏的有那古時富貴人家妝裹的頭面

拿了来纔好如今那裡為這個抱坟掘墓
不成所以只是活人帶過的也還使得王
夫人道阿彌陀佛不當家化拉的就是坟
里有這個人家死了幾多年這會子番尸
盗骨的作了藥也不靈寶玉向林黛玉道
你聽見了沒有難道二姐〻也跟着我撒
慌不成臉望着黛玉說却拿眼睛飄着寶
釵黛玉拉王夫人道舅母聽〻寶姐〻不

替園慌他只問着我王夫人說道寶玉你狠會欺負你妹〻寶玉咲道太〻不知這原故寶姐〻先在家裡住着那薛大哥的事他就不知道何況如今在裡頭住着呢自然是賊發不知道了林妹〻纔好（劉）背後以為是我撒謊就着我正說着只見賈母房裡的了頭找寶玉林黛玉去吃飯黛玉也不叫寶玉了便起身拉了那了頭就走

那丫頭説等着寶二爺一塊兒去黛玉道
他不吃飯了咱們走罷那丫頭道吃不吃
等他一塊兒去老太太問讓他説去黛玉
道你就等着我先走了説着便出去了寶
玉道我今兒還跟着跟太太吃罷王夫人
道罷罷我今兒吃齋你正經吃你的去罷
寶玉道我也跟着吃齋説着便叫丫頭去
罷自已先跑了桌子上坐了王夫人向寶

釵道你只管吃你們的由他去罷寶釵因
咲道你正經去罷吃不吃陪着林妹〻走
走不然他心裡又不自在了寶玉道理他
呢過一會子就好了一時吃過飯寶玉一
則怕賈母記掛二則也記掛着林黛玉忙
忙的要茶漱口探春惜春都咲道二哥〻
你成日家忙什麽吃飯吃茶也是這麽忙
碌〻的寶釵咲道你呌他快吃了瞧他林

妹々去罷咩他在這里胡羼些什麼寶玉
便吃了茶出来一直往西院来可巧走到
鳳姐兒院门前只見鳳姐在门前蹬着门
檻子拿着耳挖子剔牙看着十来個小廝
们挪花盆呢見寶玉来了笑道你来的好
進来進来替我寫個字兒寶玉只得跟了
進来到了屋里鳳姐命人取過筆硯紙来
向寶玉道大紅粧緞四十疋蟒緞四十疋

上用紗各色一百足金項圈四個寶玉道
這筭什麽又不是賬又不是禮物怎麽個
寫法鳳姐兒道你只管寫上橫竪我自己
明白就罷了寶玉聽說只得寫了鳳姐一
面收起來一面笑道還有句話告訴你你
依不依你屋裡有個丫頭叫紅玉我要叫
了來使喚你明兒短人我再替你挑幾個
可使的寶玉道我屋裡的人也多的狠姐

姐喜歡誰只管叫了來何必問我鳳姐咲
道既這庅着我就叫人帶他去了寶玉道
只管帶去說着便要走鳳姐道你回來我
還有一句話呢寶玉道老太〻叫我呢有
話等我回來罷說着便來至賈母這邊只
見都已吃完了飯賈母因問他跟着你娘
吃了什庅好的寶玉咲道也没什庅好的
我到多吃了一碗飯因問林妹〻在那里

好

賈母道裡頭屋裡呢寶玉進来只見地下丫頭吹熨斗炕上兩個丫頭打粉綫林黛玉彎著腰拿著剪子裁什麼呢寶玉走進来咲道哦這是作什麼呢纔吃了飯這空著頭一會子又頭疼了黛玉並不理只管裁他的有一個丫頭說道那塊紬子角兒還不好呢再熨他一熨林黛玉便把剪子一撂說道理他呢過一會子就好了寶玉

好

聽了 只是納悶只見寶釵探春等也來了和賈母說了一會話寶釵也進來問林妹妹作什麽呢因見黛玉裁剪因咲道越發能幹了連裁剪都會了林黛玉咲道這也不過撒謊哄人罷了寶釵咲道我告訴你個咲話兒纔剛為那個藥我說了個不知道寶兄弟就心里不受用了黛玉道理他呢過一會子就好了寶玉向寶釵道老太

太要頑骨牌正沒人呢你去頑骨牌羅寶
釵聽說便咲道我是為抹骨牌纔来的說
着便走了黛玉道你道（到）是去羅這裡有老
虎看吃了你說着又裁寶玉見他不理只
得還陪笑說道你也出去逛逛再裁不遲
黛玉總不理寶玉便問丫頭們這是誰叫
裁的黛玉見問丫頭們便說道憑他誰叫
我裁也不管二爺事寶玉方欲說話只見

有人進来回說外頭有人請寶玉聽了忙
撤身出去林黛玉向外說道阿弥陀佛趕
你回来我死了也罷了寶玉出至外面只
見茗烟說道馮大爺家請寶玉聽了知道
是昨日的話便說要衣裳去自已便往書
房裡来茗烟一直到了二门前等人只見
出来了一個老婆子茗烟上去說道寶二
爺在書房裡等出门的衣裳你老人家進

去帶個信兒那婆子道你娘的毴到好呢寶二爺如今在園子裡住著跟他的人都在園子裡你又跑了這里來帶信兒茗烟聽了咲道罵的是我也糊塗了說著一逕往東邊二门前來可巧门上的小厮正在甬路下踢毬茗烟將原故說了有個小厮跑了進去半日纔抱了一個包袱出來遞與茗烟回到書房裡寶玉換了命人備馬

只帶著茗烟鋤藥雙瑞雙壽四個小厮去
了一逕到了馮紫英门口有人報与馮紫
英出來迎接進去只見薛蟠早已在彼
著呢還有許多唱曲兒的小厮並小旦蔣
玉菡錦院的妓女雲兒大家都見過了然
後吃茶寶玉擎杯笑道前日所請幸與不
幸之事晝夜懸想今日一聞呼喚即
至馮紫英道你們令表兄弟到都心實前

日不過是我的設詞誠心請你們一飲恐
又推脫故說下這句話今日一邀即至誰
知都信真了說畢大家一哄然後擺上酒
來依次坐定馮紫英先命唱曲兒小廝過
來讓酒然後命雲兒也來敬那薛蟠三盃
下肚不覺忘了形跡拉著雲兒的手笑道
你把那梯西新樣兒的曲兒唱個我聽我
吃一罈如何雲兒聽說只得拿琵琶來唱

道是

兩個冤家都難丟下　想着你来又記掛着他　兩個人形容俊俏都難描畫　想昨宵幽期私訂在荼蘼架　一個偷情一個尋拿　拿住了三曹對案我也無回話　拿住了三曹對案我也無回話

唱畢咲道你唱一鐔子羅薛蟠聽説咲道

不值一罈再唱好的来寳玉咲道聽我說

来如此濫飲易醉而無味我先喝一大海

發一新令有不尊者連罰十大海逐出席

外與人斟酒馮紫英蔣玉菡等都道有理

寳玉拿起一大海来一氣飲干說道如今

要說悲愁喜樂四字都要說出女兒来還

要註明這四字的原故說完了飲门盃酒

面要唱一個新鮮時樣曲兒酒底要席上

生風一樣東西或古詩舊對四書五经成
語薛蟠未等說完先站起來攔道我不來
别算我這竟是捉弄我呢雲兒也站起來
推他坐下咲道怕什麼這還虧你天天吃
酒呢難道連我也不如我回來還說呢說是
了罷不是了不過罰上幾盃那裡就醉死
了你如今一亂令到喝十大海下去斟酒
不成衆人都拍手道妙薛蟠聽說無法只

得坐下听寶玉說道
女兒悲青春已大守空閨
女兒愁悔教夫婿覓封侯
女兒喜對鏡晨妝顏色美
女兒樂鞦韆架上春衫薄
衆人聽了都道說得有理獨薛蟠揚臉搖
頭說不好該罰衆人問如何該罰薛蟠道
他說的我通不懂怎麽不該罰雲兒便擰

他一把咲道你悄々的想你的羅回来説不出来又該罰了于是拿琵琶彈寳玉唱道

滴不盡相思血淚拋紅豆　開不完春柳春花滿画樓　睡不穩紗窗風雨黃昏後　忘不了新愁与舊愁　嚥不下玉粒金蓴噎滿喉　照不見菱花鏡裡形容瘦　展不開的眉頭　捱不明的

更漏　呀恰便是遮不住的青山隱隱
流不斷的緑水悠悠
唱完大家齊聲喝彩獨薛蟠說無板寶玉
領了門盃拈起一片梨來說道雨打梨花
深閉門完了令下該馮紫英說道是
女兒悲兒夫染病在垂危
女兒愁大風吹倒梳粧樓
女兒喜頭胎養了雙生子

女吹樂私向花園摘蟋蟀

說畢端起酒來唱道

你是個可人　你是個多情　你是個

刁鑽古怪鬼靈精　你是個神仙也不

靈　我說的話吹你全不信　只叫你

去背地里細打聽　終知道我疼你不

疼

唱完領了門盃說道雞鳴聲茅店月令完　下

該雲兒〻〻便說道是
女兒悲將來終身知靠誰
薛蟠道●我的兒有你薛大爺在你怕什
庅眾人都道別混他別混他雲兒又道
女兒愁媽〻打罵何時休
薛蟠道前兒我見了你媽還吩咐他不叫
他打你呢眾人都道再多言罰酒十盃薛
蟠連忙自己打了一個嘴巴子說道沒耳

性再不許說了雲兒又道
　女兒喜情郎不捨還家裡
　女兒樂住了笙管弄絃索
說完唱道是
　豆扣開花三月三　一個虫兒往裡鑽
　鑽了半日不得進　一爬〻在花上
　打鞦韆　肉兒小心肝　我不開時你
　怎庅鑽

唱畢領了门盃說道桃之夭々合完下後薛蟠々々道我可要說了女兒悲說了半日不見說底下的馮紫英咲道悲什麼快說來薛蟠登時急的眼睛鈴鐺一般便說道女兒悲咳嗽了兩聲又說道女兒悲嫁了男人是烏龜衆人聽了都大咲起來薛蟠道咲什麼難道我說的不是一個女兒嫁了漢子要當王八怎麼不傷心呢衆人

咲的湾腰忙説道你説的是快説底下的
薛蟠瞪了一瞪眼又説道女兒愁説了這
句又不言語了衆人道怎麽愁薛蟠道綉
房攛出個大馬猴衆人呵呵咲道該罰該
罰這句更不通先還可恕説着便要斟酒
寳玉咲道押韻就好薛蟠道令官都准了
你們鬧什麽衆人聽説方罷了雲兒咲道
下兩句越發難説罷我替你説罷薛蟠道

胡說當真我就沒好道了聽我說女兒喜
洞房花燭朝慵起衆人聽了都岔異道這
句何其太韻薛蟠又道女兒樂一根𣬠毛
往裡戳衆人聽了都回頭說道該死該死
快唱了罷薛蟠便唱道一個蚊子哼〻〻衆
人都怔了說道這是什麽曲兒薛蟠又唱
道兩個蒼蠅嗡〻〻衆人都道罷〻〻薛蟠道
愛聽不聽這是新鮮曲兒叫作哼〻韻兒

你們要懶待聽連酒底也免了我就不唱

衆人道免了罷々々々到別躭悞了人家

于是蔣玉菡說道

女兒悲丈夫一去不回歸

女兒愁無錢去打桂花油

女兒喜燈花並頭結雙蕊

女兒樂夫唱婦隨真和合

說畢唱道

可喜你天生百媚千姣　恰便似活神
仙離碧霄　度青春年正小　配鸞凰
真也着呀　看天河正高　聽譙樓鼓
敲　剔銀燈同入鴛幃悄
唱畢領了門盃咲道這詩詞上我到有限
幸兒昨日見了一付對子可巧只記得這
句幸而席上還有這件東西說畢便干了
酒令起一朶木樨來念道花氣襲人知晝

暖衆人倒都依了完令薛蟠又跳起来了喧嚷道了不得了不得該罰〻〻這席上並無寶貝你怎麼念起寶貝来蔣玉菡怔了説道何曾有寶貝薛蟠道你還賴呢你再念来蔣玉菡只得又念了一遍薛蟠道襲人可不是寶貝是什麼你們不信只問他説畢指着寶玉〻〻不好意思起来説薛大哥你該罰多少薛蟠道該罰〻〻説

着拿起酒来一氣飲干馮紫英與蔣玉菡忙起身向原故雲兒便告訴了出来蔣玉菡陪罪衆人都道不知者不罪少刻寶玉出席觧手蔣玉菡便隨了出来二人站在廊簷下蔣玉菡又陪不是寶玉見他嫵媚溫柔心中十分留戀便緊緊的攥着他的手說道閑了往我們那里去還有一句话借問你也是你們貴班中有一個叫琪官的

他在那里如今名馳天下我獨無緣一見蔣玉菡咲道就是我的小名兒寶玉聽說不覺欣然失足咲道有幸〻〻果然名不虛傳今晚初會便怎庅様呢想了一想向袖中取出扇子將一個玉玦扇墜解下來遞與琪官道微物不堪畧表今日之誼琪官接了咲道無功受禄何以克當也罷我也得了一件物今日早起方繫上還是簇

新的也可表我一点親熱之意説畢撩衣
將繫小衣的一條大红汗巾子解了下来
遞与寶玉道這汗巾子是茜香國女國王
之物夏天繫着肌膚生香不生汗漬昨日
北静王给的今日纔上身若是别人我斷
不肯相贈二爺請把自己繫的解下来给
我繫着寶玉聽説喜不自禁連忙接了過
来將自己一條松花緑的汗巾子解了下

来遞與琪官二人方来好只聽一聲大叫我可拿住了只見薛蟠跳了出来拉著二人放着酒不吃兩個人逃席出来作什麽快拿出来我瞧〻二人都道没有什麽薛蟠那里肯依還是馮紫英出来纔解開了於是復又歸坐飲酒至晚方散寳玉回至園中寬衣吃茶襲人見扇子上的扇墜兒没了便問道往那里去了寳玉道馬上丢

了然後睡覺時只見腰里一條血点是大紅汗巾子襲人便猜着了八九分因說道你有了好的繫褲子把我那條還我罷寶玉聽說方想起那條汗巾子原是襲人的不該給人纔是心裡後悔口裡說不出来只得咲道我賠你一條罷襲人聽了点頭嘆道我就知道就是幹這些事也不該拿着我的東西給那起子混賬人去也難為

你心裡沒個算計兒再要說幾句又恐怕漚上他的氣少不得也睡了一宿無話至次日天明方纔起来只見寶玉咲道夜裡失了盜也不曉得你瞧瞧褲子上襲人低頭一看只見寶玉繫的那汗巾子繫在自已腰里了便知是寶玉夜間換了忙一頓把解下来說道我不希罕這行子趂早兒拿了去寶玉見他如此只得委婉解勸一回

襲人無法只得繫上過後寶玉說出從久
觧下来粧在個空箱子裡自己又換了一
條繫着寶玉並未理論因問起昨日可有
什庅事情襲人便回說二奶奶打發人叫
了紅玉去了他要等爺来着我想什庅要
緊我就作了主意打發他去了寶玉道狠
是我已知道了何必等我襲人又道昨兒
貴妃打發夏太監出来送了一百二十兩

銀子叫在清虛觀初一到初三打三天平
安醮唱戲獻供叫珍大爺領着衆位爺們
跪香拜佛呢還有端午兒的節禮也賞了
說着命小丫頭来將昨日貴元春所賜之
物取了出来只見上等宮扇兩柄紅麝香
珠二串鳳尾羅二端芙蓉簟一領寶玉見
了喜不自勝因問道別人的也都是一樣
麼襲人道老太太的多着一個香如意一

個瑪瑙枕太〻老爺姨太〻只多著一個如意你同寶姑娘的一樣林姑娘同二姑娘三姑娘四姑娘只单有扇子數珠兒别人都沒了大奶〻二奶〻他兩個每人是兩足紗兩足羅兩個香袋兒兩個定子藥寶玉聽了咲道這是怎庅個原故怎庅林姑娘的到不同我的一樣到是寶姑娘的同我一樣別是傳錯了罷襲人道昨兒拿

出来都是一分一分的寫着簽子怎庅就錯了你的是在老太〻屋裡的我去拿了来的老太〻說了明兒叫你一個五更天進去謝恩呢寶玉道自然要走一趟說着便叫紫鵑来拿了這個到林姑娘那里去就說是昨兒我得的愛什庅留下什庅紫鵑答應了拿了去不一時回来說林姑娘說了昨兒也得了二爺留着罷寶玉聽說便

命人收了剛洗了臉出来要往賈母那裡
請安去只見林黛玉頂頭来了寶玉赶上
去咲道昨兒我的東西叫你揀你怎庅不
揀黛玉將昨日所惱寶玉的心早又丢開
只顧今日的事了因說道我沒福禁受比
不得寶姑娘什庅金什庅玉的我們不過
是個草木之人寶玉聽他提出金玉二字
来不覺心中動了疑猜便說道除了别人

什麽金什麽玉我心裡要有這個想頭天
誅地滅萬世不得人身林代玉聽他這話
便知他心裡動了疑忙又笑道好沒意思
白々的起什麽誓管你什麽金什麽玉的
呢寶玉道我心裡的事也難對你說日後
自然明白除了老太々老爺太々這三個
人第四個就是妹々了要有第五個人我
也說個誓林黛玉道你也不用說誓我很

知道你心里有妹〻但只是見了姐〻就把妹〻忘了寶玉道那是你多心我是沒那心的黛玉道昨兒寶丫頭不替你圓謊為什庅你問着我呢那要是我又不知怎庅樣了正說着只見寶釵從那邊来了二人纔走開了寶釵分明看見只粧看不見低着頭過去了到了王夫人那里坐了一會然後到了賈母這邊只見寶玉在這里呢

好

薛寶釵因往日他母親對王夫人等曾提那金鎖是個和尚給的日後等有玉的方可結為婚姻等語所以總遠着寶玉昨兒見元春所賜的東西獨他与寶玉一樣心裡越發沒意思起來幸虧寶玉被一個林黛玉纏綿住了心心念念只記掛着林黛玉並不理論這事此刻忽然遇見寶玉寶玉便咲道寶姐姐我睄睄你的那紅麝串子

可巧寶釵左腕上籠着一串見寶玉問他少不得拿了下來寶釵原生的肌膚豐澤容易退不下來寶玉在傍邊看着雪白的一段酥臂不覺的動了羡慕之心又暗暗的想道這個膀子若長在林妹妹身上或者還得摸一摸偏生長在他身上正是恨沒福得摸忽然想起金玉一事來再看看寶釵形容只見臉若銀盆眼同水杏唇不點

好

而紅眉不畫而翠比林黛玉另具一種嫵媚風流不覺就數了寶釵退下串子來遞與他々也忘了接寶釵見他怔了自已到不好意思起來丢下串子回身纔要走只見林黛玉蹬着门檻子嘴裡咬着手帕子咲呢寶釵道你又禁不淂風吹怎麽又站在那風口裡林黛玉咲道何曾不是在屋裡來着只因天上一聲叫出来瞧了一瞧原来是

好

個獃雁薛寶釵道獃雁在那里呢我也瞄

瞄林黛玉道我纔来他就忒兒一聲飛了

口里說着將手里的帕子一甩向寶玉臉

上甩来寶玉不防正打在眼上噯喲了一

聲要知端的下回分解